I Am Potential

我有潜能

——关于生活、关爱和梦想

Eight Lessons on Living, Loving, and Reaching Your Dreams

Patrick Henry Hughes

帕特里克·亨利·休斯

[美] 帕特里克·约翰·休斯　布莱恩特·斯坦福德 合著　　张宁 译

凤凰出版传媒集团

凤 凰 出 版 社

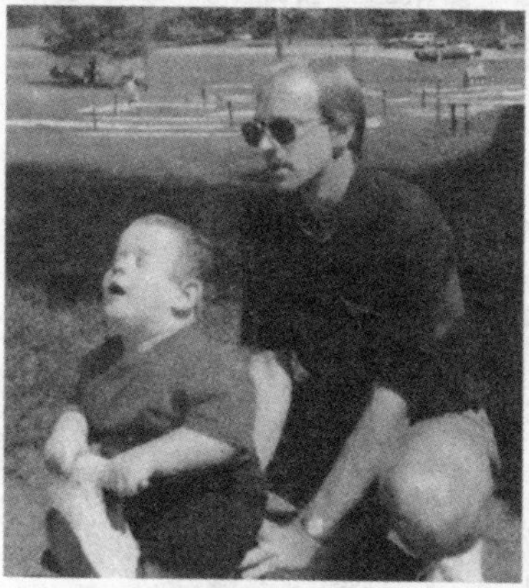

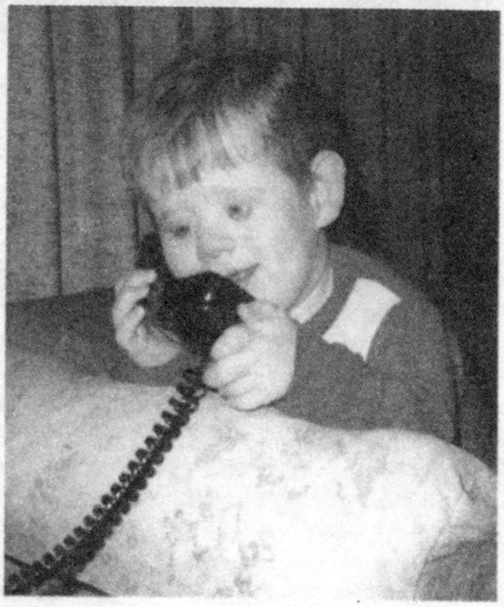

上：和我的“朋友们”在婴儿床上。我十五个月大。

左：在肯塔基罗吉河州立公园，妈妈的家庭聚会上。

右：跟爷爷、妈妈打电话。我四岁。

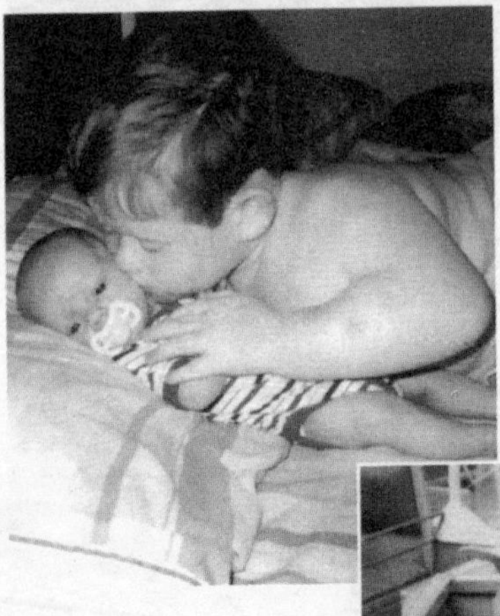

上：1994 年秋，和弟弟杰西在客厅里弹琴。杰西三岁，我六岁。

左：1995 年 8 月，和刚出生的弟弟卡梅隆在一起。卡梅隆一个月大，我七岁。

下：1994 年夏，在一个游乐场。杰西三岁，我六岁。从那儿以后，我就爱上了游乐场的娱乐项目。

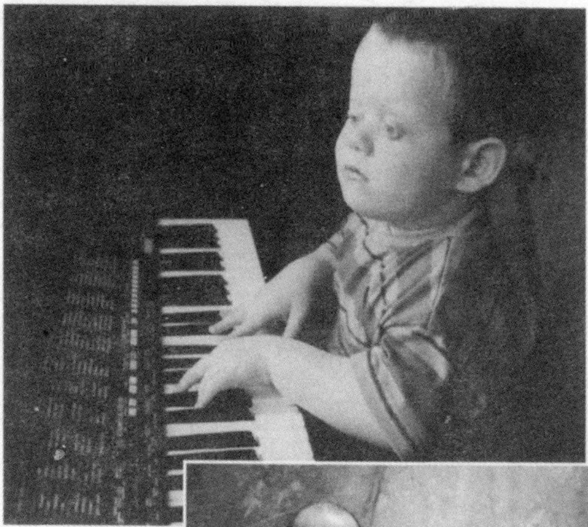

左：1995 年 9 月，大都市联合之路运动，我在键盘前。我七岁。（照片由大都市联合之路提供）

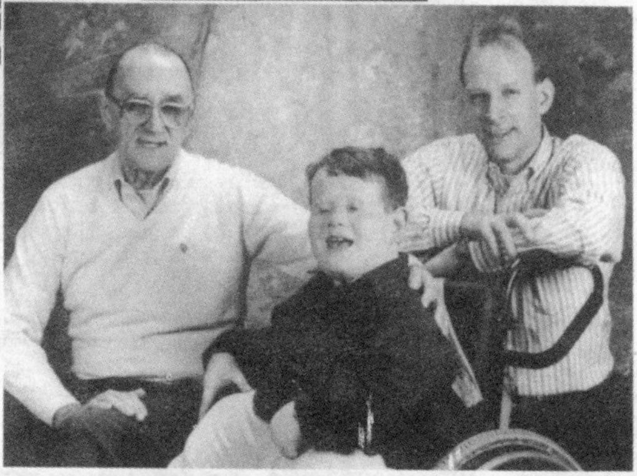

上：1995 年秋，联合之路为我、爸爸和爷爷拍摄的照片。我七岁。（照片由大都市联合之路提供）

左：1996 年春，和弟弟们在后院的“空中城堡”（小型儿童娱乐设施）。卡梅隆快一岁了，杰西五岁，我八岁。

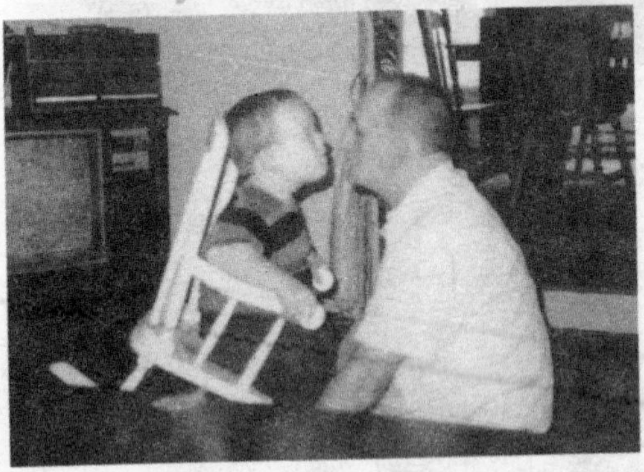

上：1998 年 12 月，圣诞节全家福。

下：和爷爷一起玩儿。

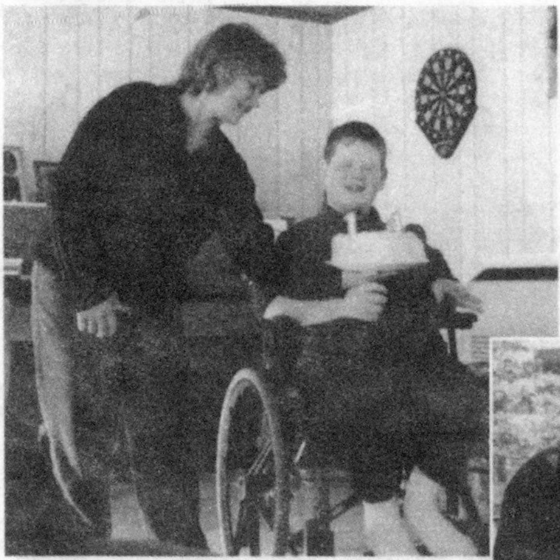

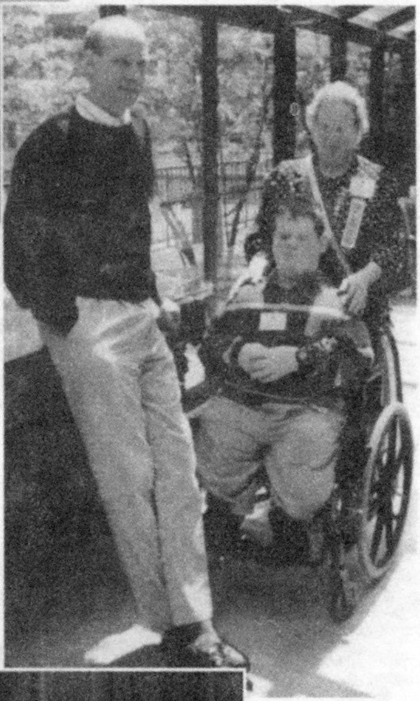

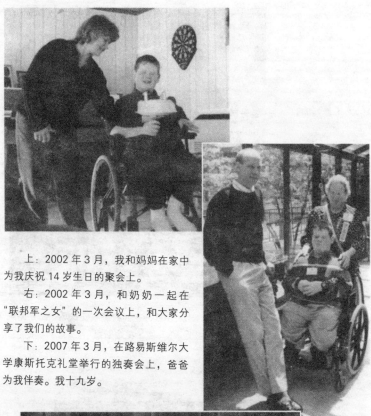

上：2002 年 3 月，我和妈妈在家中为我庆祝 14 岁生日的聚会上。

右：2002 年 3 月，和奶奶一起在“联邦军之女”的一次会议上，和大家分享了我们的故事。

下：2007 年 3 月，在路易斯维尔大学康斯托克礼堂举行的独奏会上，爸爸为我伴奏。我十九岁。

2006 年 11 月 25 日，在匹兹堡亨氏球场，路易斯维尔大学对阵匹兹堡。（马克·霍金斯摄）

2007 年 5 月，肯塔基赛马日，路易斯维尔大学仪仗乐队在丘吉尔园。拜恩博士正站在梯子上。

上：司机——开走公共汽车！2007年11月。

右：在家门口“看着”“改头换面：家庭版”为我们修建的新家。

下：2007年11月，在新落成的仪仗乐队训练场揭幕仪式上，和仪仗乐队的队员们在一起。

（以上照片版权属美国广播公司所有）

上：2007 年 11 月，和我的家人、拜恩博士、泰·潘宁顿一起，在仪仗乐队训练场揭幕仪式上。（照片版权属美国广播公司所有）

下：2007 年 11 月，在“改头换面：家庭版”为我们修建的新家门前。

目录 | Contents

序

使人和睦的人有福了，

因为他们必称为神的儿子。

——《马太福音》5：9

我亲眼看见帕特里克·亨利·休斯在刹那间改变了成千上万的人；而美妙的是，现场所有的人，包括帕特里克·亨利自己，都没意识到它的发生。

我是路易斯维尔红雀队的忠实球迷，总是到现场观看主场比赛。第一次看见帕特里克·亨利在比赛中场时和路易斯维尔仪仗乐队一起前进，我承认自己当时哽咽得说不出话来。他坐在轮椅上，吹着小号，他的爸爸熟练地按照仪仗乐队的表演路线推着他，在体育场上变换队形时，跟另外两百多名队员完美地融合在一起。

瞬间使万人改变的那件事发生在2006年11月的一场橄榄球比赛中，路易斯维尔大学迎战大东联盟的一个劲敌。我坐的位子的过道那边是宾客席，坐着五千多个吵闹的球迷，他们当中很多人的运动衫上都印着恶意中伤路易斯维尔的坏话。那些人朝我们这边扔着冰块和垃圾碎屑，更别提迎面而来的挑衅语言和下流手势了。

电视上播出广告时，广播员介绍着路易斯维尔成绩优秀的学生球员，以及教授和其他一些由于杰出贡献受到嘉奖的人士，广播员一说完，那群人就嘘声一片。中场时，仪仗乐队走上体育场，这些球迷的嘘声更大了，甚至淹没了他们的音乐声。

那个队的球迷似乎一定要引起对抗冲突。很多路易斯维尔的球迷都希望能安抚他们，调整一下气氛。中场表演结束后，广播说帕特里克·亨利将要进行表演。路易斯维尔的球迷们兴奋起来，之后大家又嘟囔着，担心对方球迷的反应。这种情绪非常强烈，如果那些不友好球迷的嘘声淹没了帕特里克·亨利的演奏，那肯定会爆发一场战争。

等待帕特里克·亨利上场表演时，你会感觉到这种紧张的气氛在逐步升级。

帕特里克·亨利出现在场边的大屏幕上时，镜头将画面拉近，给了一个特写。他简单地调整了一下太阳镜，我往宾客席那边瞥了一眼。

那些球迷不知道帕特里克·亨利是谁，也不知道将会有什么样的表演。他们只看见一个身着仪仗乐队服装的年轻人坐在钢琴键盘前——没什么异常的情况。然而，他们一定感觉到了这是个特殊的时刻。在他身体前倾，准备演奏时，忽然之间，一切都安静下来。

踌躇片刻，帕特里克·亨利的手指在键盘间飞舞起来，弹起了雷·查尔斯的经典歌曲《我该说什么》。

他开始演奏的那一刻，全场沸腾了。每个人都拍手鼓掌，疯狂喝彩——让我惊讶的是，对方球迷的积极反响丝毫不亚于路易斯维尔这边的强烈程度。大屏幕上的帕特里克·亨利表演时，我惊奇地看着那些粗鲁好斗的家伙们，刚才还恶言相向地威胁着我们，而现在却面带微笑，向路易斯维尔的球迷双手竖起了大拇指。此时此刻，双方的球迷正隔着通道高兴地击掌。

迫在眉睫的一场战争不露声色地化为爱的和平。我们团结在一起，暂时联结成一个大家庭，共同欣赏、敬佩着这个非同寻常的年轻人，此时此刻，他的出现压倒性地战胜了一切。我真的很难理解为什么出现了这样的场景，但后来我才知道，这是典型的帕特里克·亨利·休斯的世界。

那个晚上，体育场内的每一个人都被感动了，刹那间，我们的心灵在对话，这个大家平日很少能触及的地方，在这个神圣的时刻，不分彼此地交流着。尽管轻微而短暂，我们确实被改变了。

我第一次面对面地和帕特里克·亨利·休斯见面，也同样感觉到一股难以形容的力量。他和他的爸爸，帕特里克·约翰·休斯，到我家来做客。我在《路易斯维尔信使日报》有个专栏，感恩节那期写了那场橄榄球比赛。从那儿以后，我和帕特里克·约翰就一直通电子邮件。帕特里克·亨利想要写本书，我们见面讨论一下，看看我能帮些什么忙。我担心自己是否有时间，主要是因为工作太多，让我白天晚上都忙得没完没了。

多少年来，我开始认识到，有时候，最不可思议的事发生时，表面上是不露声色的。下面就是这样一个场景。爸爸推着帕特里克·亨利来到我家后院门廊。这个年轻人问候我，我们握了握手，由于某种原因，我握他手的时间要比通常情况长一些。这时，他对我笑着，似乎表示这样让他感觉特别舒服。于是我知道触觉对他来说很重要，是一种基本的信息来源。

有些人能够真正地让我们感动，瞬间平息我们的愤怒，让人与人之间心灵相通。这样的人极为罕见，而帕特里克·亨利就是其中一个。他在许多方面都很有天赋，但同时他又非常纯真，尽管你们隔着距离，这种纯真也会无条件地伸向你，让你不由自主地想回应。不知为什么，和一个未曾谋面的人这样亲密地接触，感觉却像世界上最自然的一件事。

那天见到帕特里克·亨利时，有种似曾相识的感觉，好像我已经认识他很久了。当我握着他的手，听见他说话的声音时，我领悟到一些片刻之前还不曾了解的东西——我意识到自己要向他学习了。

帕特里克·亨利·休斯是独一无二的，不仅仅是因为他生来带有这么多罕见的身体残疾。正相反，他的独特在于他对此有着惊人的态度。他告诉我："我是个盲人，而且要在轮椅上度过一生，于是有些人可能会想，'啧，那样生活多可怕啊。'但是我不这样看。我晚上躺在床上，数着自己的福气，能列出长长的一张单子。"问起关于他的残疾，他会很快这样告诉你："什么是残疾？残疾的人不能做事。但我能——做任何我下决心想要做的事。爸爸妈妈从小就这样教育我，我就是这样长大的。"这些话不仅仅是把一些词放在一起，为了听上去可以引起人们的注意。这是帕特里克·亨利的信条，是他的生活哲学。

这本书不只是关于帕特里克·亨利的故事，对于那些想要充实地过好每一天的人们，更是一本极具指导意义的生活指南。通过了解帕特里克·亨利和他的家庭，看到他们对他人的影响，几个独特的关键因素就会浮出水面，帮你认识他是怎样一个人，他为什么能在这样的逆境中成长。这些因素构成了人生八节课的基础，讲述着如何有信心地生活，远离恐惧；无条件地付出你的爱；实现你的梦想——不管他们看上去是多么遥不可及。

帕特里克·亨利·休斯是上帝对我们这个世界的祝福，也告诉我们人的潜力。

——布莱恩特·斯坦福德

帕特里克·亨利的提示

在进入我的故事之前，我想告诉你它的组织结构，以免你感到困惑。我将讲述故事的大部分，但你也会看到我爸爸——帕特里克·约翰·休斯——写的内容。当叙述者发生变化时，段落前面会出现标题：帕特里克·亨利，或者，爸爸。我们选择用“爸爸”，而不用“帕特里克·约翰”，因为我们的名字非常相似。

我有潜能

第一章
如果生活给了你酸涩的柠檬，请不要抱怨，接受它们，并心存感激

上帝，请赐予我们恩泽，

让我们能够平静地接受那些不能改变的事物，

有勇气改变那些应该改变的事物，

并拥有分辨这两者之间差别的智慧。

——雷茵霍尔德·尼布尔

我叫帕特里克·亨利·休斯，1988年3月10日来到这个世界。我出生的那天，对于爸爸妈妈来说，本应该是最美好的一天，可事实上，却成了他们非常糟糕的日子。出生的第二天则更为艰难。

爸爸回家洗了澡，刮了胡子，然后回到医院妈妈的病房，正好儿科医生也刚进来。妈妈说医生看上去很紧张，一直低头看着他双手紧捧着的一本病历。然后他又看看蜷在妈妈臂弯中的我。当医生开始说话时，他的声音中断，让他不得不停下来，清了清嗓子。

我的身体有问题。医疗小组已经了解了一些关于我健康方面的情况，但仍然存在很多他们不知道并需要进行进一步检查的地方。

在基本确定之后，医生告诉他们，我的身体状况看上去像侏儒症。他解释道："X光显示四肢发育短小，并伴有躯干结构比例失调。"爸爸让他说通俗点儿。

"按照你们所看到的他身体其他部位的比例，他的胳膊和腿会比较短。这是一个问题……"他停下来，又查了一下病历，"还有更多。"他等着爸爸妈妈示意他继续。

"我很抱歉地告诉你们，孩子患有一种极为罕见的先天性疾病。他没有眼睛。"

妈妈以为睁开眼睛本来就需要一些时间。当她回想起那天的情形，她说医生的话就好像纠结在肚子里，因为她已经不能呼吸了。

医生继续说道，"很遗憾，还有很多你们需要知道的……在你们准备好了的时候。"然后又像是一个长时间的停顿。当他继续说时，爸爸妈妈都不能相信他们的耳朵。

爸爸抱住妈妈和我。"这不公平！"妈妈哭诉着，"我做到了所有的事情来确保我们的孩子是健康的。"爸爸疑惑着，为什么上帝这样对待我们？欣慰的是，几年后，上帝给了他答案。

我出生的那天，可以说，我是带着满满一袋子的柠檬来的，而不是我的家人想象中的样子。我想他们更愿意要橘子，比柠檬甜，味道也没那么刺激。但是生活就是这样，而你只能往前走。不管你多努力，也不能把柠檬变成橘子。但是，不能改变生活并不代表你要放弃。爸爸妈妈跟我说，你需要忍耐、坚持，并学会处理所发生的事情。当你这样做的时候，你会发现，柠檬也很好，你甚至还可以做出更好的东西，比如我最喜欢吃的柠檬酥皮派。

我的爸爸妈妈是我最早的也是最好的老师。但是在他们教给我要学会接受之前，他们必须自己先学会。这并不容易，据他们说，他们必须快速地学会先忘掉他们的梦想和期望，特别是对我的梦想。

这非常艰难，但是如果你不愿意接受这个阶段，就不能继续前行。

在我出生的那一刻，爸爸不知道要期待些什么。也许他什么也没想，因为他一直被情感冲击着。他所知道的就是第一句话并不是他所想象的，“恭喜，你有了个健康的儿子！”正相反，没人说什么，一切非常安静。他想这有点儿奇怪。然后他听到关于“多种畸形”的情况。他总是喜欢开玩笑，所以他问：“你到底在说些什么鬼东西？”当时，他真的不知道。

他看到医生护士走到一边说着些什么，但他没有去问他们接下来是怎样，不想让自己显得无知或者好像他要干涉别人的工作。毕竟，在我来到这个世界那一刹那，兴奋和忙乱中，他看见了手指、脚趾和所有正常的东西。我是他的第一个孩子，所以他以为“畸形”这个词是用来形容新生儿的普通医学术语。

爸爸看着护士把我擦洗干净，用毯子裹好，交给妈妈。我的眼皮是闭着的，妈妈觉得我看上去就像她曾见过的其他新生儿一样。再说起从前，她变得激动起来，“我喜欢抱着你，想让我们就那样一直一起待在那儿。”她告诉我。但一分钟后，工作人员告诉她要立刻把我放到育婴室。妈妈虽然不想这样，但她觉得会有专业的人好好照顾我，就没说什么。如果你了解我妈妈，就知道这对于她来说并不容易，特别是发生在跟我相关的事情上。

同时，爸爸清醒了很多，他看着正在发生的一切，愈发开始怀疑这些工作是否是正常的程序。他被告知马上到育婴室去，但当他到那儿的时候，他们又让他在外面等。在门外等待的时候，他对为什么让我这么快地离开妈妈越来越担心。刚出生之后不应该有什么固定的程序吧？来来去去忙乱的医生，匆促地经过他前面，似乎完全忽略了他的存在。他试图看着某个人的眼睛，希望有人能给他点儿回应，告诉他一些事情，但他们都来去匆匆，没人理会他。每过一分钟，爸爸的恐惧都在增加着。

产房里，妈妈累极了。她感到害怕，同时又觉得美好，如果真有这么一种感觉的话。她总是跟我说，她希望第一个孩子是个男孩儿。我知道爸爸一直梦想和我一起打棒球——他是个体育迷，喜欢高尔夫、篮球、橄榄球，但最喜欢棒球。妈妈闭着眼睛躺在那儿，想象着我们在后院：爸爸像往常一样，鼓足干劲儿，兴致勃勃地摆好垒，弄出一个完美的场地。我接住球，又抛回去。我记得听说过电影《梦幻之地》，觉得爸爸可能喜欢明星凯文·科斯特纳。他建好一个场地，和他的孩子们一起打棒球，他们的第一个儿子，然后还会有第二个、第三个。妈妈也有着一样的梦，她还想在他们之间混入一个假小子似的女儿。

爸爸和我离开的时候，外祖母贝蒂来陪了妈妈一会儿。爸爸喜欢说妈妈是标准的教科书式的怀孕。但妈妈记得那天在医院里，她感到一种“母亲的直觉”——有什么地方不太对劲，但她也说不清楚到底哪里出了错。

休息了一会儿之后，妈妈叫来护士，问起我的情况。当他们再把我带回来交给妈妈，她又抱着我的时候，一切看上去又回归正常了。她仔细检查着我：我的眼睛仍然闭着，对于一个刚出生几小时的婴儿来说，看上去很自然。爸爸回来了，他们捏了捏我的每一根手指和脚趾。都检查过之后，她感觉好起来，她和爸爸在享受这个“家庭时刻”。那天晚上，护士过来要我把带回育婴室，她告诉爸爸妈妈明天他们会从儿科医生那里拿到一份全面的报告。

第二天早晨，护士又把我抱回来给妈妈，她发现我的眼睛仍然闭着。就是此时医生进来跟爸爸妈妈谈话，告诉他们我没有眼睛，并解释了我其他方面存在的具体问题。

“孩子的腿是畸形的，尽管说这话还太早，但他将不能走路。他的胳膊……也是畸形的，他不能像其他人一样运用它们。”

医生还没说完，正要继续的时候，妈妈举起手阻止了他。她不关心剩下的问题——她需要时间来消化医生说的关于我的眼睛的事。她瞪着我的脸。

过了一会儿，爸爸妈妈决定，他们必须现在就知道所有的事情。“请继续。”爸爸平静地说。

“你们儿子的缺陷可能不只是身体上的，但这么短的时间我们还不能了解得特别清楚，也不知道程度如何。”这对于妈妈来说已经承受不了了。尽管她接受了我所有身体上的问题，但如果再加上智力上的问题，这让她一时难以承受。爸爸告诉医生他们需要单独待一会儿。

爸爸妈妈晚些时候会得到一个好消息，就是我的智力没有缺陷。现在所有剩下的问题显得非常可怕。妈妈不想责怪那位医生，但她认为，当他说我的问题是永久性的时候，他并不知道他的话有多严重。一切不会这么糟糕的。上帝不会让这样的事情发生。这时候，妈妈决定，如果有办法能够治好我的问题，她会不遗余力。

妈妈可以出院的时候，还不能带上我。主要因为我有黄疸病。医生告诉她黄疸在新生儿中比较常见，可能没有那么严重。但我必须和其他的孩子隔离，因为医生也不确定它是不是肝炎的表现。他们说会找一个专家来进一步验血。就这一件要担心的事了。

在爸爸妈妈的脑海中，开始的那些天就像一场噩梦，度日如年。当然，他们想得到消息，越多越好。最重要的是，妈妈想得到一些积极的消息，但是一直还没有。没有眼睛，残疾的胳膊和腿，黄疸，还有可能存在的智力缺陷。还会出现什么坏消息？更要命的是，妈妈不知道什么是已经确定了的。因为要确定医生作出的诊断还太早。医生好像在告诉她事实，然后他们又说："当然，在我们做更多的检查之前这些都是推测。"

妈妈记得那时候她总是在想，如果我的孩子有这么多问题，他的身体足够强壮得让他活下去吗？如果不能，那么最好的情况是不是让一个有这么多缺陷的孩子从痛苦中解脱出来？她开始对几个月前做的超声波检查感到奇怪，因为它并没有显示我会有什么先天缺陷。如果爸爸妈妈提前知道了我的身体情况会怎么样呢？他们不支持堕胎，但当他们真的面对的时候，会不会有不同的选择呢？

这样的问题是没办法回答的，但是我一直知道爸爸妈妈非常爱我，不管出现什么情况。因为不知道将要面对的是这种局面，他们才作出了原本不可能的选择。“还有一种情况，”妈妈说，“有时候，幸福就在你面前，但是你却看不见，因为你忘了上帝一直在那儿，他在幕后解决着问题。”

我的黄疸病治愈之后，妈妈终于能把我带回家了。这时候，她感觉好多了，但她知道她面前屹立着一座险峰。回家后，有好多人来看我。妈妈的一位朋友明白我将来会有怎样的生活，她告诉妈妈：“上帝面前，没有解决不了的事情。相信我说的，相信上帝。”妈妈内心觉得她说的是对的。另一个朋友跟妈妈说，她只能跟着生活的步伐，要做到这点，就必须先接受现在发生的事情。“你不得不放弃你的期望。”妈妈不喜欢这个说法，但她知道，这是正确的。

爸爸努力保持着坚强，但这根本不管用。我刚出生的那些天是爸爸最艰难的日子。当面对问题的时候，他总是克服困难，迎难而上，直到问题得以解决或者改善。可这次，他改变不了我的缺陷，做什么都是无用的。

经过几个晚上精疲力竭的担忧，妈妈忽然感觉释然了。也不知道从哪儿来的这种感觉：她心想，不知道什么原因，她命中注定要有一个我这样的孩子，生活充满了挑战。我们注定成为一家人。她有幸拥有爸爸所说的“强烈的决心”，她会竭尽所能保证我拥有我所需要的一切，不仅仅是活着，而且有一个好的生活，不管出现什么困难。她还不知道他们要怎么做，但她唯一肯定的是，在继续前进之前，她必须接受上帝的安排，相信将来某一天她会知道上帝为什么这样安排，并感谢这一切。

爸爸

我的祈祷超出了所有人的想象，而我的儿子，帕特里克·亨利，占了祈祷的大部分。后来我们吸引了很多人的注意，收到了成千上万的电子邮件。很多人表扬我，我很惭愧，特别是想到帕特里克·亨利出生不久时我的样子。我太太，帕特里夏，承担着大部分的负担，处理着帕特里克·亨利早年的所有障碍。我觉得我需要先告诉你们这些，因为我不想让大家以为我是个绝世好爸，一个很快就自然地进入了爸爸角色中的人。后面我会详细地告诉大家我的转变过程，还有帕特里克·亨利是怎么和上帝一起不可思议地改变了我。但现在要说的，是我儿子奇迹的一开始。

我对拥有自己的孩子没有太多的想法。在遇到帕特里夏之前，我的生活只与自己相关。后来，我们坠入了爱河，自然会关注更多自己以外的事情，而对于我来说，这意味着将会成为一位父亲。但是我们这些做父亲的，特别是在初始阶段，并没有一个准确的养育概念。也许我是一个典型的例子，我们通常想跳过所有困难的阶段。我对孩子的想法就是一群喜欢运动的儿子们。没有尿布、长牙、学会上厕所、出水痘这些烦恼，对于我来说，孩子是很轻松愉快的事；上面这些事情从没在我脑海里出现过。好像我们的孩子可以直接跑到球场上，我们一起快乐地玩耍。难怪我们的太太有时候会对我们这些成天做着白日梦的父亲们不高兴。

当然，怀孕以各种方式影响着一个家。开始的时候，很兴奋，梦想着你的第一个孩子。帕特里夏从容应对，一副很老练的样子。但几个月后，我知道她开始有点儿烦了，也经常跟我生气。拉马泽孕妇训练课上，我的参与对她来说很重要。但我一到课堂上就犯困。我已经尽量避免，但还是很快就睡得跟我们即将出世的孩子一样。这里，我要解释一下：我睡眠不足。那阵子我上晚班，但说老实话，课堂上我也做了很多工作，尽量让自己感兴趣。帕特里夏接受了课程的第一部分，但她不怎么喜欢第二部分，当然她也很不喜欢我在课堂上睡觉。

我对拉马泽孕妇训练课上要做什么很了解，但很难接受我总是要跟着去上课。有一小部分课程是针对父亲的——关于我怎么在分娩过程中支持、鼓励妻子，就好像我不会自觉地这样做一样。

我知道其他的内容也很重要，但这些和我有什么关系？有节课是关于分娩过程中可能出现的并发症，需要借助某些医疗措施。这些都是我不想听的，也不认为和自己有什么关系。一切都会好的，一向如此。

终于，快要生了，我们出发去医院了。我不像那些惊慌失措的男人们，拿着手提箱跑出门，驾车离去，却忘了他们的太太。我很冷静，或者说有点三心二意。帕特里夏喜欢拿一个小细节提醒我，来准确地说明那时候我有多自我陶醉。她说得对。我们就快有孩子了，但我脑子里最重要的是什么？体育运动。我喜欢听电台的体育节目，那时候正三月份，我打开收音机，收听着全美大学生篮球联赛的相关新闻。所以，我的耳朵一直听着收音机，尽管自己正开车带着即将分娩的太太去医院。

我一直沉浸在自己关注的事情中，直到我们拐了个弯，正冲着医院大楼。我想那是我第一次意识到自己要当爸爸了。我兴奋起来，不过尽量不表现出来。“冷静”是我的座右铭。

进医院的时候，我非常有信心；没理由想什么其他的结果。帕特里夏一直按规矩行事，不吸烟，不喝酒，吃适当的东西，有孕妇正常的体重。非常出色的产前照顾。而且我们有依有据。中期的超声波检查显示没有任何异常。现在，在医院里，他们给帕特里夏做了检查，判断是要生了。我的儿子即将出世！

我决心要做太太的支柱。我在待产室里学习着所有连接在她身上的小器械。有一个设备吸引了我，它可以测量出分娩时子宫收缩的频率和程度——不仅能预测分娩阵痛，还能测出它的强度。有点像地震仪，能测出地震的活动并转换成里氏来衡量。我想这个可能对我很有用，可以提前告诉她什么时候阵痛，但我很快就打消了这个念头，因为她明确表示如果我告诉她另一段阵痛就要来了，她就起来干掉我。现在还不是我的“拉拉队时间”。

帕特里夏希望自然分娩。随着生产过程的逼近，我想我们都低估了生孩子有多疼。当然我是不知道的，但通过帕特里夏的面部表情，我知道疼痛非常剧烈。医生给他注射了一针硬膜外麻醉，能够缓解一些疼痛。现在做任何其他的医疗干涉都太晚了，我们往产房走去。

一切都发生得很快。帕特里夏开始用力，还没等我们明白过来，帕特里克·亨利就出生了。天啊！真是种奇妙的体验。看着孩子出生，特别是自己的第一个孩子，这种情感带着压倒一切的冲击，让你无法抗拒。深埋在心底的激动，点燃了你前所未有的情绪。我感到头晕目眩。

在这样的时刻，一切都被情感渲染着：每一个场景，每一句话，都是生动的，牢牢地印在你的记忆里。直觉告诉我一切顺利。我看到一个正常的婴儿，听到一声正常的啼哭。但是一种奇怪的感觉突然袭来，一种极度兴奋和极度恐惧的古怪结合，就好像我中了彩票号码却丢了那张彩票一样。

我握着太太的手，祝贺她，告诉她我有多为她骄傲。当我正要往候诊室告诉我的家人好消息的时候，工作人员叫我到育婴室去。我一脸茫然地往他指的方向走去。一出产房，我就撞上一个医生，问我愿不愿意和他一起祈祷。作为一个天主教徒，我觉得有责任参与祈祷。但我不确定除了感谢我儿子的出世，我们还祈祷什么。“当然，”我说，“我很乐意。”我们低下头，向主祈祷。然后那个医生拍了拍我的肩膀，让我放心，一切都会很好。我感谢了他。

我去了育婴室，在那儿等消息。这时，我仍然没意识到所有的混乱和骚动是为什么，甚至我的儿子是不是出了什么严重的问题。因为我没经历过正常的情况是什么样子，我不知道会有多少医生来会诊一个新生儿。我以为现在的情况是正常的。我不想凭空猜测结果，给帕特里夏带来不必要的负担，特别是在她精疲力竭的状态下。一切肯定没问题。

随着时间一分一秒地过去，越来越难相信一切都是正常的。确诊一个新生儿是否完好无损到底需要什么样的专家？我回到太太身边，等待工作人员给我进一步的消息。每过去一分钟，我的乐观就减少一点，但我尽量高兴地和帕特里夏在一起。

慢慢地，所有的事情联系在一起，显然，我儿子的问题不寻常。当我最后回到候诊室时，亲朋好友正转来转去，焦急地等着消息。我得到一些消息，但没有具体的细节。我知道儿子的四肢和眼睛有问题，但不知道严重程度或是预测的诊断。这时我强忍着，努力模仿着约翰·韦恩，一个坚定的男子汉，我向他们保证帕特里克·亨利会没事。然后，我看见了我妈妈。我走过去把她拉到一边，马上泪如泉涌，我倚在她的肩上哭泣着，有一种从没经历过的极端无助的感觉。在内心深处，我明白，我根本不愿意相信那些事实。

第二天，医生终于告诉了我们他们知道的一切。幼小的帕特里克·亨利患有一种极为罕见的先天性缺陷综合征。这些缺陷的程度需要相当一段时间才能完全弄明白，甚至对于他的眼睛来说，也是这样。

后来，我了解到一些事情，让问题逐渐浮出水面。我们一直在黑暗中，因为医疗小组也在黑暗中摸索。我后来才知道，这病实在太奇怪了，甚至连医生都没有立刻认识到一个新生儿没有眼睛。每一个新生儿，都会滴入眼药水来预防感染。让人感到有问题的第一个表现可能是眼药水没有正常地浸入眼睛。这种情况的医学术语叫无眼畸形，即眼球和眼组织缺失，也就是没有眼睛。眼眶里什么都没有，因为眼睛在怀孕的早期就没有发育，可能在头二十八天的时候。双眼都缺失，被称为双侧无眼畸形，极为罕见。先天性无眼畸形可以单独发生，或者和其他先天缺陷并发。帕特里克·亨利患有一种极为罕见的综合性遗传病。老天，为什么是我们呢？

开始的几天真的非常艰难，我太太每天哭着入睡。她躺在那儿，我听见她呜咽着："不公平，太不公平了。"我尽力安慰她，但没用。这是我人生最痛苦的经历，但我把悲痛掩藏起来，尽量显得坚强些。

最困难的事情之一是我要忘记有一天我会和儿子在后院打棒球。我的那些计划——弄一个完整的棒球场地，带有用薄木料和铁丝建成的挡网——以目前的情况来看，将不会实现了。还有其他的孩子，不是吗？其他的儿子来接我的投球？还是，其他的孩子也会有相似的痛苦？我们有一大堆问题，但没有答案。

在经历了这些之后，包括最黑暗的那几个小时里，我仍然没有放弃一切都会好起来的希望。也许是我太天真了。有点儿像不承认自己得了心脏病——胸口的疼痛一定是什么别的原因，比如消化不良。天真是一部分原因，但我觉得还有更重要的因素。

我说过我是一个天主教徒，但我从不过分地笃信宗教，宗教信仰并不是我生活的重要组成部分。我和上帝的关系多少是为了给生活行个方便。“主，我现在状况非常糟糕，请再次拯救我吧，感激不尽。”现在，回首往事，上帝之手在关键的时候出现了，那时他正安慰我，帮我消除恐惧，恢复信心。也许是因为在医院的那一次我不是为了自己祈祷。

首先，我很快发现对抗命运什么用也没有。命运是这样，那就是这样了。我们会活着。不，不仅仅是活着。我们会竭尽所能让处境好起来。我心里这么想，但我真的不知道我们所面临的巨大挑战。

帕特里夏很快就进入了状态，她迎难而上，为我们的儿子做着各种准备工作，同时容忍着我在低谷里徘徊。她对我很宽容，尽管我远远不及我能够成为也应该成为的样子，她也从没抱怨过。好像她明白我需要时间慢慢恢复，直到有一天会站起来。

尽管我不够成熟，但因为帕特里夏的坚强和无私奉献，我们一起度过了开始的那段艰难岁月：休斯一家人，包括我们疼爱的刚出生的儿子，帕特里克·亨利。

如果生活给了你酸涩的柠檬，请不要抱怨，接受它们，并心存感激

帕特里克·亨利

我从小就知道自己抓了一把和别人不一样的牌。不过没关系，因为我知道，如果我愿意接受我所失去的，并感谢我还能够做到的，那么上帝会帮助我来打这副牌。爸爸妈妈也明白了这个道理。

人们经常问我，是否很难接受我的残疾。我不确定他们相不相信我说的“不会”。因为他们告诉我，如果他们不能走路，或者失去视力，他们将特别愤怒、伤心或者痛苦。也许是吧，但现在，我一点儿也没有那种感觉。

起初，我们自然很希望能够改变从前。我们对自己说：“如果那样的话，生活该多美好。”但这种想法能把你带向何方呢？哪儿也不能。更坏的是，它把你束缚在原地。我敢诚实地说，我学到了这一课，我能够接受我的生活。

当我回望我的经历时，我感到很惊奇，一切竟然进行得这么顺利。在出生二十年后，我上了大学，主修西班牙语专业。我唱歌，弹钢琴，吹小号，并成为校仪仗乐队成员。我能够周游世界，见到了成千上万和我一样喜欢演奏音乐的人们。

我有太多要感谢的，但我最感谢我的家人和这些年来交到的朋友们，没有他们，一切一定不会这么好。特别是我的父母，他

们这么爱我，这么支持我。或许换作别人，也许就会抛弃我，或是对我或他们自己感到难过，我的人生可能就不同了。但我猜你会说，上帝保佑我正好遇对了人。

第二章
尽你所能，改变你所能改变的

天助自助者。

——本杰明·富兰克林

帕特里克·亨利

当我的父母开始安顿和我在一起的新生活时，他们意识到需要有个计划。但要从哪儿开始呢？如果不把这个问题适时地解决好，就会引发排山倒海的问题。这可能是他们得到的最好的建议了。有时候，他们似乎忙得不可开交，上气不接下气的，这一刻还信心满满，下一刻就垂头丧气。一路走来，有一条建议一次又一次地迎面向他们扑过来，那就是“忘记一切，从头再来”，他们也努力地接受它。他们明白这个道理，也都在努力着，但当你长久地怀抱一个心仪的梦想，要忘记它是很难的。

爸爸

当帕特里克·亨利还是个小婴儿的时候，帕特里夏就不想让他听到她哭泣。她不想让他知道他自己和别的小孩儿有什么不同，也不想让他觉得我们介意这一点。我们必须有个坚强的外表，不管内心深处发生着什么。我们觉得如果每个人都同情帕特里克·亨利是个瘫痪的瞎子，那他自己也会觉得自己可怜。在这个问题上，没有回旋的余地。如果你允许自己那样的话，你只会变得更依赖别人，更贫穷。不需要我们的保护！帕特里克·亨利必须坚强、无所畏惧地活在世界上。

帕特里克·亨利

我小时候做过六个大手术。我的整个童年，几乎每个星期我们都在儿科医生或者眼科医生的办公室里。因为我天生眼眶里没有眼球，骨架就没有正常地形成。这就意味着如果我要植入修复性义眼，他们首先要重塑眼眶，慢慢地一步一步地将眼眶扩大。然后，再进行一系列的手术。

从一开始，我的父母就必须学会怎么找出很多问题的答案。当你有一个残疾的孩子，所有的事情，不管看起来多简单容易，都会有一个学习的过程。一些简单明了的选择，就像植入修复性义眼，在当时都不是那么容易的。甚至爸爸妈妈在如何对待我的选择上，都不知道是不是该走一条特殊的途径才是最好的。应该让我经历这么多手术吗？有什么好处呢？那时候还没有互联网，没有搜索信息的捷径。所以，出现什么情况取决于你咨询的人，还有你是否特别幸运地碰上个对头的专家。

由于双侧无眼畸形太罕见了，我的医生似乎也不知道该从何入手。医生建议我们去路易斯维尔的肯塔基眼睛研究所做定期检查，但好像也仅限于检查。也许是因为爸爸妈妈不知道该问什么问题。或者，也许是医生在等病情有什么变化，一个能引导他们进行下一步的信号，不管是什么。时间一天一天地过去，一切毫无进展。

在我最后一次去做检查的时候，我刚一岁多，研究所建议我们去看一位牙医，这令我们费解。一位牙医？

原来，这位牙医擅长给出过事故的人做面部重塑。虽然他的专长是嘴周围部位，但给我们这个建议的医生觉得他也许能对我的眼睛提供一些帮助。当我们明白这一点时，我的父母对进展抱有一点希望了。

在这位牙医为我的脸部做了一个模具之后，他认为他没有足够的专业知识来完成我眼部的重塑工作——一个为植入修复性义眼做准备的阶段。这次失败使我的父母比以往任何时候都感到焦虑，他们不知道这些所谓的专家对我的情况到底了解多少，他们能为我做些什么。爸爸妈妈一直要求他们自己以谨慎的态度保持乐观，可这一次我们好像又进入了另一条死胡同。但生活总是这样，在最无望的时候，援助之手就会从天而降，伸向正需要帮助的你。

我十五个月大的时候，和爸爸一起出现在当地每年一度的为儿童筹款的电视节目中。大路易斯维尔地区的消防员总是带领着为活动集资的队伍，爸爸是一名消防志愿者。他抱着我，讲述着这项活动对学校、机构、医院的有益之处，还有筹来的钱如何帮助像我一样的儿童。

来自河那边南印第安纳州的一位好心的女士看到了节目，他联络到我的父母，告诉他们一位擅长制作和安装人工义眼的专家。她也有一个患有无眼畸形的孩子，和我们走着相同的路。她明白要得到一个可靠的信息有多难，所以留下了那位专家的名字和他在印第安纳波利斯的办公室地址。这下爸爸妈妈有新的奔头了。感谢上帝!

在我们第一次去拜访这个专家后，我终于带上了一副合适的矫正器。它是两个树脂的小圆片，有点儿像把一个中空的小球从中间切成两半，然后在圆弧上面粘一根小棍儿，这样就能比较方便地把它们从眼睛上摘下来。矫正器会逐渐地被更换成大一号的，继而慢慢地扩大眼眶——正常眼睛所处的那个位置。随着眼眶被扩大，一个球体就可以通过手术植入了。医生解释说，树脂眼球，就像矿井里制成的木头拱门一样，保持着眼眶不会塌陷。

因为我那时还只是个小婴儿，所以不太记得这些，但爸爸说我第一次带矫正器的时候哭了。妈妈也哭了，她祈祷这样做是对的。在做植入眼睛手术之前，这个过程用了一年左右的时间。

当然，我眼眶的情况，还只是挑战之一。我的父母也找了骨科医生，看看他们能不能矫正我的胳膊、腿和髋部。

就像我眼睛的情况一样，我的胳膊和腿显然也有毛病，但具体的问题还不是很清楚。我的股骨（大腿骨）比正常情况要短得多，所以起初医生以为我可能是侏儒症。但他们很快就发现我的情况要复杂得多——我的大腿骨并没有进入髋关节的球窝。他们不是被关节包围着，而是被组织包围着。这就是我的腿不能固定和走路的原因。医生指出我的手臂关节可能也有类似的问题，使我不能完全地伸展胳膊。“抱他时千万别提起他的胳膊！”医生警告我的父母。那样会使我的肩关节脱臼。

我两个月大时，戴上了支撑架，来帮助我伸直胳膊。爸爸说我在支撑架里，看着特别纤弱无助，就像戴着某种中世纪的刑具一样。我本来应该尽可能长时间地戴着它，但爸爸妈妈不想过多地约束我，因为我戴着它基本动不了。所以，我晚上戴着支撑架，白天有时戴，有时不戴。摘掉它们的时候，我动来动去地，还有点儿像个正常的小孩。

我也有腿部的支撑架，但不如胳膊的用得那么勤。不仅仅是因为它们很难戴上，又不舒服，而且它们似乎不怎么管用。在医生断定我能做手术之前，我必须戴着支撑架生活。

六个月大的时候，我终于可以到医院去做提高腿部功能的手术了。医生认为可以通过手术来重新定位我的髋关节。他们告诉我的父母，这两块骨头（股骨头和髋关节的球窝）将会连接在一起。这是个大手术，但医生很乐观。

爸爸妈妈在医院大厅里焦急地走来走去，他们对手术寄予厚望。我进手术室已经有几个小时了，每过一分钟，他们就更担心手术结果。怎么这么长时间呢？终于，在我进手术室四个多小时后，医生出来告诉他们，我不能按计划那样达到手术的预期效果。

“太多问题，太多畸形需要矫正，”医生解释着，“我很抱歉。”爸爸讨厌那个词——“畸形”。外科医生发现了一大堆他们意料之外的问题。我大腿骨的股骨头根本就没发育，也就是说根本就没有东西能够放到髋关节的球窝里。但即便是有股骨头，髋关节的球窝也是变形的，所以也就无所谓了。医生唯一能做的是在我的髋部放入一个金属钉，来监测骨骼的生长。尽管我的父母知道医生已经尽力了，但他们还是感到很沮丧——经过四个多小时的手术才能发现这些问题。

爸爸

髋关节手术的结果让我们非常失望，但出院回家后，我们发现好的事情也在发生着。尽管障碍重重、充满挑战，但帕特里克·亨利开始以他自己独特的方式成长。他喜欢儿歌，我们一唱儿歌，他就显得挺高兴，而且他特别喜欢跟着哼哼曲调。我们把他经常听的，唱字母、数字、音调的曲子都录下来，反复放给他听。而且，他的发音似乎很好。六个月大的时候，他的祖父跟我们说，帕特里克·亨利会说话了，他叫了声“爷爷”。我很怀疑。但很快有一天，帕特里夏下班后把他从托儿所接回来，他说“嗒嗒跑”。也许我爸爸真的听见他说话了。谢天谢地，我们终于不用担心他可能存在智力问题了。

我们的儿子开始茁壮地成长。他很快显现出一种性格魅力，让我们感到惊讶。当我们给他戴上支撑架的时候，那东西约束性很强，很不舒服，但他就像一个小战士，很少哭或是抱怨。当我们告诉他不能做什么事情的时候，比如拉手术的缝针，他很快就明白了。他像个小大人，我们不用担心每次转过身去的时候，他会做什么不该做的事情。

帕特里克·亨利是个喜欢笑的快乐孩子。他好奇心很强，对每一个奇怪的东西，都想伸手摸一摸，了解更多。当他学会了一个新技能，比如刚学会弹钢琴时，显然他有点儿喜欢展示自己的这个本事，喜欢弹钢琴时人们对他的注意。他学得很快，能够快速大量地汲取身边的知识。这些让我感到骄傲，不得不承认，我们喜欢炫耀他。

我们报了一个由“视力障碍学前服务”机构办的家长班，来帮助我们应对问题，并向其他的家长们学习。在那里我们见到了，在我看来像是遇到比我们的问题要严重得多的家长们。我不知道为什么，因为按理说，帕特里克·亨利所患的综合性的身体折磨，对付起来应该更具挑战性。起初，我和帕特里夏会和大家自由地分享我儿子的好消息、我们的新进展。每个星期，我们似乎都有一些新的、让人兴奋的事情和大家分享。但过了一段时间之后，我感觉我就像那些让人反感的家长，滔滔不绝地夸着自己的宝贝孩子。尽管在我们经历了这一切之后，有一点自夸似乎也是合理的，但我们还是决定不去了，把喜悦留给自己。

帕特里克·亨利

在髋部和腿部的手术失败之后，我迎来了第一个眼睛手术。我两岁刚过，我的父母对这个手术很乐观。我将有眼睛了！虽然我还不能通过它们看见东西，但至少我的脸对于别人来说看上去正常了。大家都知道，手术都会有风险。当然，也可以没有修复性义眼，那样的话我的脸可能会变形，变成一副下陷的面孔。他们肯定不想那样。

第一次的眼睛手术成功了。医生在我的两个眼眶中分别植入了一个多孔的树脂眼球，它们可以让眼眶伸展、塑形，并促进骨骼生长。十七毫米的球体只是“训练”眼球，因为它事实上并不够大。将来，我还会再做一个手术，换一个大一点儿的眼球。最终，在我的眼眶成型之后，我会植入两个手绘的修复性义眼，它们可以很方便地摘下来清洗，然后再戴上。

手术后，我缝了好多针，来把眼球固定在眼眶里。我上面的眼睑需要缝合，以保护眼球。显然，我的脸肯定很难看。脸部出现了严重的水肿，就像一道黑、蓝、黄的彩虹。开始的几天，我的脸看上去越来越差。但是医生告诉爸爸妈妈，不能对我的脸作任何处理——不能冰敷，甚至连擦掉包扎上面的血痕都不行。爸爸告诉我，我看上去比他见过的任何职业拳手都还糟糕，比穆罕默德·阿里跟乔伊·弗雷泽第二次对抗之后的肿脸都严重得多。我看上去这么差，肯定难受极了，因为爸爸说，我眯着眼，表情痛苦。爸爸妈妈必须告诉我，我不能碰我的眼睛。就算缝针的地方痒，也不能挠，因为可能会影响手术效果。所以，手术后的几个星期，我没从碰过我的眼睛。爸爸说这对于一个两岁的孩子来说是很棒的。其实，我只是做了我该做的。

在差不多四岁的时候，我可以做第二次的眼睛手术了。但这回，也不会比上次好受，而且进行得并不顺利。眼球的大小从十七毫米增加到二十一毫米，但眼球太大了，在眼眶里待不住。医生告诉爸爸妈妈，从死尸身上取下的一部分真眼组织将被植人，来帮助固定眼球，但后来出于对艾滋病的恐慌，外科医生决定用人造合成材料来代替。但它没能固定住眼球，然后周围区域感染了。好像还不止这些，我对麻醉剂还起了反应。

手术后，我出现了嗜睡，而且跟原本的我完全不一样。我坐在那儿，对什么都提不起兴趣，包括我的音乐磁带和吵闹的玩具。我们的房子寂静无声，和原来有我在的时候很不一样。手术后的第一天，我的父母觉得我第二天就会好了，这只是麻醉还没完全过去。但到第二天，我还是晕乎乎的，好像药劲还没过去。事实上，我看上去是更糟糕。他们担心起来。

整整两天后，我的父母害怕我会脱水。因为我不想喝水，如果他们强喂，我会都吐出来。我只想睡觉。他们又试了一次，想让我喝一小口，可还是不行。那时候，已经很晚了。由于他们联络不到给我做手术的印第安纳波利斯的医生，我们去了附近的一家医院挂急诊。

因为我没有明显的出血和剧烈的病征，接待的护士认为我的情况不是很严重，就让我们等着。四个小时后，一个医生从检查室旁经过，爸爸告诉他我刚做过手术，手术后已经两天不吃不喝了。更要命的是，我呕吐起来，又开始喘。但医生给我做了一个快速检查之后，说我没事。说完之后，他就走出了检查室。

爸爸火了。就在他正要走出检查室，找人抱怨的时候，我喝了一小口水。这让他停下来，他和妈妈观察着我是不是能保持住。当我稳定下来，又喝了点儿水时，他们放心了，然后我们回家了。但这个“放心”是短暂的。虽然我能吃一些流食，也不吐了，但两天之后我还是迷迷糊糊的。

爸爸

那时候，我们一家三口经常和我的父母出去吃饭。但在那次急诊室看病之后的那些天，我和帕特里夏都不想出去吃饭，但我的父母坚持让我们试试。他们说，出来会对我们有好处。

但是他们错了。简直糟透了！我们五个人坐在最喜欢的饭馆里，炸鸡和乡村菜，我们谁也没动盘子。我的父母愁死了，特别是我父亲，我们谁也说不出话来。帕特里克·亨利无精打采地坐在高高的儿童椅上，脑袋歪在一边，不像往常的他，不说话也不笑，不问问题，也不伸手摸爷爷。我们都坐在那儿，看着我们的小宝贝，陷入了各自的沉思。我在想，他还能回到手术前的样子吗？他的脑子是不是手术或者麻醉时受到损伤了？老天爷，请帮帮他吧！这种时候，四天会显得很漫长。我尽量表现得像平时一样乐观。我对自己说，“过一阵子就好了”，但实际上却心急如焚。

在这之前，生活的天平似乎倾向了我们这边。我的儿子患有多重“畸形”，我们接受了这个事实。虽然不容易，但我们能够应对他的失明和行动不便带来的问题，因为老天在其他的很多地方都保佑着我们。他的处世态度，他乐观向上的性格，他的学习能力，当然还有他正显现出的音乐天赋，都让我们充满了感激之情。现在坐在这儿，看着我的儿子，我想起了那些在“视力障碍学前服务”家长班上碰到的人们。他们的孩子是不是常常这样——安静、没反应？如果是的话，他们是不是因为这样才不像我们一样有可以分享的故事？我们是不是对帕特里克·亨利的进步过于骄傲了？

我尽量吃点东西，显出乐观的样子，带个头，但我只能吃下一两口。是不是我们和儿子一起经历的所有的美好都要离我们而去，弹指间就烟消云散了？从开始到现在，这一路走来，我们从没指望生活将会变得公平，但这也太过分了。在那一刻，相对于他之前的生活，对帕特里克·亨利未来的憧憬被摧毁了。

我和帕特里夏尽量不看对方，因为饭桌上每个人的悲伤加起来会把我们吞噬。我能对付自己的伤心难过，但我知道，如果我看着她的眼睛，看见她眼里的痛，我会崩溃。我想她也有同感。我们共同经历过很多艰难的时光，但这次是难中之难。

多蠢的主意啊！出来吃饭！我这么想着。这简直是一种煎熬——众目睽睽之下，强装着一切都好。我还记得当时坐在那，看着我儿子，接着，一切都是那么异常的安静。在一个拥挤的饭馆里，真的显得很奇怪。

我看了看大家，想就这件事情说点什么。突然，就在这时，好像上帝改变了主意。帕特里克·亨利抬起头，笑了笑。

大家都吓了一跳，倒吸口气。

之后，他终于回到了自己本来的样子。帕特里克·亨利喜欢吃各种蔬菜。这家饭馆里有大碗的乡村菜。我们往他盘里舀了很多，他吃完了还要吃。他就像一个刚从迷失的沙漠里回来的小孩，什么东西都吃不够。我们也立刻有了胃口，和帕特里克·亨利一块儿吃起来。这成了我们最难忘的一次大餐。

这是很有价值的一课！它又一次证明了我们是多么有幸地拥有帕特里克·亨利。我们可能把他给我们生活带来的快乐视为理所当然了，我想也许我们要为此忏悔。如果是的话，我们再也不会这样了。他已经成了我们生活的中心，当他被夺走的时候，生活一片黑暗。现在阳光又回来了，我们感谢上帝赐予的和我儿子有关的一切——每一回看医生，每一副支撑架，每一段理疗疗程，每一个手术。

帕特里克·亨利

我们离开饭馆时，我吃得饱饱的，又回到我原来的样子。那一年，由于第二次眼睛手术失败，二十一毫米的眼球没能固定，我需要再做第三个手术，植入十九毫米的眼球。我还要做一个矫正隐睾症的手术。在我们刚刚有过那样的经历之后，剩下的这两个手术让我的家人感到恐惧。医生跟我们保证，那次麻醉反应是个例外，不会再发生了。于是我们满怀信心和希望地迎接手术，相信一切都会顺利，它们也确实很成功。但是故事还没完。

医生觉得等我再大一点儿时，最终还需要做第四个手术，把十九毫米的眼球增大到二十一毫米。爸爸妈妈不得不慎重考虑这件事。他们想，应该让我再经历另一个眼睛手术吗？他们感觉这可能是错的。他们总是竭尽所能地让我的生活好一点儿，但这次，这个手术是必要的吗？他们反复琢磨，用心祈祷，最后断定，如果仅仅为了看上去好看一点儿，让我再经历一次眼睛手术，是得不偿失的。

由于眼睛问题解决了，我看上去改善了很多，我的父母重新查找起有没有什么办法能治疗我的胳膊、髋部和腿。每一年，医学上都会有之前不可思议的新的突破性进展。如果在我六个月大第一次手术之后的这些年中，有什么重要的发现的话，也许就会有新的球窝和股骨头被植入，医生就可以把大腿骨和髋关节连接上。爸爸妈妈知道这是个遥远的梦，但他们总是抱着希望。

在大量的搜索之后，他们没找到任何有希望的进展。而且，我的医生也不想给他们一个虚无缥缈的梦。

所以，是时候该接受我可能永远不能自己走路或站立的事实了。我想我已经知道了，并希望我的这个态度能够让爸爸妈妈轻松一点。他们尽量装作这没什么大不了的，但我敢说，他们的内心深处，会对承认一切都无能为力感到十分伤心。

同样，我们对改善我的胳膊也没抱太大希望。但没关系，因为我能用他们演奏乐器、吃饭，这些对我来说最重要的事情，都可以自己完成。

当我们再回到从前，谈论那些日子的时候，我能从爸爸的声音里听出痛苦。但很快他的语气就轻快起来，说如果我能走路，就不会坐轮椅了，那样的话，球赛中场休息时，他就不能在橄榄球场上推着我了，这后来给我的家庭带来了很多快乐。所以不管怎么看，它都是件好事。

爸爸

帕特里克·亨利还很小的时候，我和帕特里夏就考虑过再要孩子。但风险有多大呢？我们决定去咨询一个遗传学家，看看能不能确定，如果再怀孕的话会怎样。

我们了解到，有数据显示小眼畸形的患病率为万分之一，但确切的无眼畸形的发生率并没有统计。双侧无眼畸形就更为罕见。它可能是先天性的，也可能作为一种退行性病变后天患得。它可以单独发生，或者，更罕见，和其他先天性缺陷一并发生。目前研究者正为确定眼睛发育的基因而努力工作着。

拜访过几次之后，遗传学家确定我和帕特里夏都携带着一种相同的罕见的隐性基因，它们非常巧合地在同一时间撞上了。遗传学家就帕特里克·亨利的情况作了一些分析，发表了一篇科学报告。报告指出，他的多种畸形综合征非常特殊，并且极为罕见，几乎没有其他的病例。这么说，发生在帕特里克·亨利身上的一切再出现的可能性极小，这对再想要孩子的我们来说，无疑是个好消息。

帕特里克·亨利出生的三年后，我们有了第二个儿子，杰西。又过了四年，我们的第三个儿子，卡梅隆出世了。三个孩子各有各的不同，各有各的好。

感谢上苍，我想我们终于走出了帕特里克·亨利的阴影。他很小就经历了五个手术，在这个世界上，比别人一辈子经历得都多了。我们必须全副武装，接受挑战，好好活着。我们觉得我们自己和帕特里克·亨利都好极了。然后我们发现他还要接受一个手术。

帕特里克·亨利

十岁的时候，我做了最后一个手术。是在背部，因为我患有脊柱侧凸。从后面看时，脊椎骨从上到下应该是一条完美的直线。但我的脊柱往左右弯曲，形成一个“S”形。我的问题在于我得一直坐着，由于没有髋关节，我实际上是靠脊柱坐着。脊柱侧凸引起了一些疼痛，但并不是我各种经历中疼得最厉害的，所以我觉得我能一直就这么忍着。但是医生说这种情况正日益恶化，如果我不做手术的话，会变得非常严重，以至于影响我的肺功能，我可能会不能呼吸。显然，这已经很严重了。但当爸爸告诉我，它还可能让我不能坐着弹钢琴的时候，我真的想接受这个手术。

我对这个手术的另一个效果特别兴奋——让自己变得高一点儿。医生说手术后，当我的脊柱变得直一些，我能长高四英寸。那样我就刚好四英尺高了。为什么那时这对我很重要呢？因为我喜欢去游乐场乘坐那些娱乐项目；坐在上面，自己能像阵风一样，疾驰而过。但是很多项目都不让我玩，因为我不够高。比如，你得至少四十八英寸高才能乘坐“六旗肯塔基王国”或是“国王岛”的过山车。这多出的四英寸对我来说意味着全世界，我已经迫不及待了。

这可能会让一些人感到惊讶，我胆子也有点儿太大了，或是，那些游乐场竟然允许我玩那些游乐项目。乘坐那些不怎么吓人的项目一直都没问题，因为没有身高的要求。它们所需要的就是我能够做到位子上，系上安全带。爸爸会为我做这些，没问题。对于大型过山车，我一直想体会下坡时快速冲下来的那种感觉，还有转圈时头朝下、脚在上的感受，特别是坐在第一排。我一直以为那是不可能的，因为我太矮了，但修复脊柱可以最终扫除这个障碍。

一月的一个寒冷的下雪天，爸爸妈妈开车带我去医院了。我们到得挺早，对我来说最糟糕的是，由于麻醉的需要，手术前很长一段时间都不能吃东西。我觉得除了音乐之外，我最喜欢吃东西了。爸爸妈妈是知道的。（爸爸说就没有我不爱吃的。其实也不是，我不喜欢玉米坚果、蛋蜜乳、麦片粥，还有沙丁鱼。但除了这些，来者不拒。）我喜欢妈妈做的每一道菜，她太了不起了。我最喜欢“鸡肉全家福”。爸爸管它叫心脏杀手，但这东西特好吃。它是把蛋黄酱、芥末、欧芹和洋葱放在一起搅拌后，跟鸡肉、培根和奶酪裹在新月形的面团里。然后放进烤箱里烤，拿出来后再在上面加一些奶酪。我不是爱吃甜食，是很爱很爱吃甜食。只要是甜品，我就喜欢。

我们到医院后，妈妈看了看时间，然后说如果我们快一点，我能少吃一点儿东西，不会影响手术。所以她跑出去买了我喜欢吃的中餐。我尽量不吃太多，但美食总是让人难以抗拒。我对手术很紧张，但这毕竟能让我变得更好；我们就像是去医院野餐一样。

第二天早晨，他们在我脸上放了个面罩，当我吸气时，就闻到一股水果味儿。我正期待着那些手术后就能成真的美梦。很快，他们告诉我吸气、倒数之后，我就睡着了。当我再醒来的时候，什么也不记得。我就知道我好像被裹得牢牢的，不能动弹。

还有就是，我特别渴。但护士说她们不能给我喝的，于是她们就拿了一小块冰，让我舔了舔。

为了让背部变直，医生在我的背部放入了两根钢条——这是个大手术。术后我在医院住了十天，前几天，基本就躺在床上听音乐。这是我记忆中第一次、也是唯一一次对什么都没胃口。随便吃两三口东西，比如鱼汤或是菜汤，就够了。（爸爸说我学会了一个新句子：“我吃饱了。”）实在太痛苦了，但我只要一想，恢复后我就能第一次体验过山车了，就觉得这一切都值得。

护士给了我一个止痛药的按钮。它连着细细的静脉滴注软管，软管从一个塑料输液袋里伸出来一直到我的胳膊里。妈妈说我需要时可以用它，但如果忍得住，就尽量别用。于是我尽量不按它。但是移动简直太痛苦了，而且我必须每个小时都翻一次身，这样才能恢复得好，所以我按了几次那个按钮。后来护士告诉我，我肯定有很强的耐受性，因为其他做这种手术的病人，有时候得按个上百次。

第三天，工作人员让我起来，在轮椅上坐五分钟。我的恢复阶段开始了，练习“坐”是我的第一个任务。我知道这看上去没什么，但确实是一个严酷的考验。移动就很难，坐着简直更痛苦。疼痛从背后袭来，一直到我的腿，就像冲击波一样。第二天，要做五分钟“坐”的练习时，我假装得马上上厕所，这样就能躲过去，在床上躺着了。当护士把一个空空的床用便盆拿走的时候，妈妈就明白了我的目的，下次我的鬼点子就不能得逞了。

在整个住院过程中，我的父母都保证不让我一个人待着，他们和我的祖父母轮班。有一次，妈妈很抱歉地说，她得离开一小会儿。她告诉我，她不得不回家一趟，要不我的弟弟，杰西和卡梅隆，就不认识她了。

终于，在这最漫长的十天之后，出院的日子到了，我能回家了。但之前，我还得照个X光。我坐在轮椅上，这一路显得很长，比以前我去时显得长得多。我当时没输液，因为照完X光，我们就直接回家了。我到那儿时已经不好受了，然后照X光时，我还得坐在一个凳子上。那凳子没有靠背，也没有任何能让我倚着的东西。我生活中一直有这样或那样的疼痛，但那次是我经历中疼得最厉害的一次，就像匕首在脊柱上肆意乱划一样，从上到下，疼得要命。我真希望现在能带着那个按钮。最糟糕的是，妈妈知道我很疼。当她看见我从X光室坐着轮椅出来时，她哭得很厉害，哭得我心都碎了。

回家后，我终于可以坐在自己原来的轮椅上了，这让我舒服多了。医院轮椅的座位特别大，我的腿就被撑在座位上，不能动弹，而且还有点儿疼。坐在家里的轮椅上，我的腿能悬着，就没那么疼了。我应该每天尽可能长时间地在轮椅上坐着，所以妈妈给我坐着的时间计时，每天都让我比前一天再多坐一会儿。手术后的前六个月，我的身体不能做任何弯曲、转动或是爬行的动作。现在，我还是不能弯腰，或是大幅度地转身，因为我的后背有钢条。在钢条被植入之前，如果有什么东西掉在我的脚边上，我能弯腰把它捡起来。但现在，我只能够到膝盖。

我真想坐在轮椅上时，能觉得越来越舒服，这样就能多弹会儿钢琴。有时候，就算后背疼，我也告诉爸爸妈妈不怎么疼，这样他们就会让我多弹会儿。过了一会儿，疼痛就开始缓解了，也就意味着能再多弹会儿。几个星期来，我还是没什么食欲，后来有一天，爷爷给我带来个苹果馅饼，我都吃了。从那以后，我的胃口又回来了——甜品的力量啊。妈妈高兴极了，她喂我，给我做饭，每顿饭都让我吃个够，就像吃了这顿没下顿了似的。

在房子里关了几个月后，医生说我很快就能出来活动了。“妈妈，我能荡秋千吗？求求你了。”我恳求着。我喜欢在空中飞起来的感觉。

最后，她终于同意了。我一刻也等不了了。爷爷推我到后院，他和妈妈把我抱起来，放在秋千上。爷爷推我时，我抓着秋千荡了起来，和我想的一样，有趣极了。妈妈不想让我玩太久，很快就说该回屋吃午饭了。我求爷爷，就再推一次，他同意了。最后一次，一个用力的猛推，然后……

嘎吱！秋千一边的锁链断了。紧接着，我摔在地上，还没等他们抓住我，就顺着车道滚了下去。

大人们尖叫着跑过来。他们给我大概检查了一下，就直接把我抱上了车。我的后背看上去似乎没怎么伤着，但妈妈和爷爷担心这一摔会让钢条错位。他们想照个X光，确定一切没事。在去医院的路上，我意识到我的腿有点儿跳痛，而且开始肿起来。爷爷说话的声音听上去很紧张，他一直说抱歉，问我还好吗。我告诉他我没事，些许疼痛难不倒我。但我腿的状况越来越糟，后来妈妈一碰它，就疼得要命。在医院里，他们发现我的背部还好，但腿骨折了。

现在爷爷更自责了，他说他永远不能原谅自己。“让他上秋千前，我应该检查好锁链的。如果我检查了，就不会发生这样的事了。”他一直念叨着。但我告诉他，这不是他的错，我抱了抱他。锁链老化生锈，不知道什么时候会断掉——这可能发生在任何人的身上。

当然，我又得戴上石膏架，回到刚开始恢复时的样子。但这次，并不像背部手术后那么疼。我猜你会说，背部的手术让我对可能发生的任何事都做好了准备。妈妈会说那是隐藏在背后的赐福。没福气的是我接下来的八个星期都不能游泳了。我喜欢游泳，因为在水中我觉得身体特别轻盈。尽管我不能在地上行走，但在水中我能站立，像走一样前行。那阵子，爸爸带着杰西和卡梅隆去游泳，却只能把我留下。虽然我有点儿不高兴，但也知道只能如此。不管怎么说，那几个礼拜也没那么糟，因为我还能弹琴。最后，当爷爷看见我一切都还好的时候，终于原谅了自己。

爸爸

我们怎么应付呢？有时候，这并不容易，特别是当你觉得挑战已经结束了，可紧接着，它又在你眼前冒出来，虎视眈眈的，比如总是需要再做手术。也许它早就知道你的儿子饱受痛苦，而你却无能为力，或者，它早就知道他永远都不能看见，也不能走路甚至站立。

开始时，我们以为帕特里克·亨利的先天缺陷就是这些了——失明，以及行走、站立能力的丧失，直到医生试着让他的胳膊伸直，却感到有阻力。他还只是个小婴儿，哪来的阻力呢？起初，医生认为仅仅是肌肉方面的问题，只是一种反射现象，通过理疗让肌肉放松就好了。但很快，他们发现问题出在结构上。我们了解到帕特里克·亨利还患有翼状赘蹼综合征——膝部和肘部将永远处于挛缩状态。他关节和肌肉的形成方式不能修复。更重要的是，他永远都不能把胳膊伸直。

所以说，正当你觉得成功地应对了挑战时，又有别的事情冒出来，让你没法舒舒服服地松口气。或许你正想着这回将永远失去儿子——麻醉的反应让他缩回到一个你们根本无法进入的世界；或许那些不知道你们经历的人们会说你的坏话，或是大专家一副居高临下的姿态跟你说话；或许你永远都不知道你做的是不是足够，是不是正确。所有这些事都不容易对付，但你只能一路向前，带着只有付出才有回报的信念。

就算你感觉在困难面前，孤身一人，形单影只，你也要相信你并不孤单。因为上帝就在你身边。它从不在你认为应该或是你要求的时候出现，但是总在关键时刻解你所需。

尽你所能，改变你所能改变的

帕特里克·亨利

生活中，有些事情可以改善，但有些不能。对我来说，显然很多事情不能变得更好——比如，我永远都不能看见东西。但也有能改善的事，我很小就明白，要想有所改变，唯一的办法就是我们卷起袖子，竭尽所能，这包括那些手术和各种治疗。

我体会到当身处困境的时候，你必须振作起来，迎接挑战，继续向前，否则它们就会把你打倒，让你陷在原地。当我试着自己坐着轮椅，在家里转来转去，遇到了障碍——从狭窄的很难通过的门厅，到家里的各种家具，都阻碍着我，于是我就反复这样提醒着自己。

还有，当我和弟弟杰西还小的时候，我们会比赛。我本来可以说："我不能跟你比，杰西。"然后决定不跟他竞争，因为他强壮、敏捷——这些我都不具备。但在某些方面我是可以和他比赛的，比如看谁先打开车门，或是谁先起床下地，结果有时候我还能赢，但要知道结果，我必须先尝试。

每学期，我直到开学很久才能拿到大学教材的音频软件。这真让人沮丧，我可以说我完成不了，我退出。但这样就无法达到我的目标。

因为我见过很多人，我注意到其实每个人最终都要面对他/她生活中的某种大挑战。但我也发现，由于存在着大大小小的问题，人们很难从舒服的温室里走出来，去面对它们，克服它们。通常，是因为害怕失败或是某种痛苦。如果你向恐惧屈服，你就永远不知道事情能变得多好。或者，如果你选择忽视、逃避问题，它可能会变得更糟。我脊柱侧凸和植入修复性义眼的经历就说明了这一点。

要改善我的身体残疾时，爸爸妈妈从不会放弃，所以我们一直前进着。每当我害怕时——不管是要重新再戴上支撑架，又要做另一个手术还是一次更痛苦的治疗——我要追求更好生活的梦想会帮我忍受痛苦，陪我渡过难关。我知道，任何事情，我都要坚持不断地尝试，除此之外，别无选择。

第三章
追逐你的梦想，为梦想而活

世界上只有一种激情，那就是追求幸福。

——狄德罗

帕特里克·亨利

当我演奏音乐的时候，特别是那些古典乐章，世间万物都改变了。我感到音乐正穿过我的身体。它围绕着我，让我飘浮在上空，就像在水中游泳一样，感觉那么轻盈。演奏德彪西的《月光》时，尽管我不知道月光看起来是什么样子，但我想象着一个美丽的夜晚，微风阵阵。弹着弹着，我仿佛身临其境。

这辈子，我就想和音乐在一起。钢琴是我的最爱。我一直是个活得挺放松的孩子，记忆中唯一让我变得疯狂的就是由于某些原因不能弹钢琴的时候。

我知道，对于有些小孩来说，音乐课是一种压力。我见到的很多人都跟我说，他们的父母让他们练习弹钢琴或是其他的什么乐器。他们会说："我常常一分一秒地熬到下课！""哎，我恨那些还得接着上的课。"这让我觉得好笑，因为练习对我来说从不是负担，而是快乐。音乐是打开我生命的一把钥匙，越是和音乐在一起，我的生活就越丰富。

经常有人问我，我不能像其他的小朋友一样出去玩、做运动，我是否为失去这些而感到遗憾。其实，我没体会过，也就谈不上失去。我的弟弟杰西是个运动健将，棒球和橄榄球打得出名的好。他练习的时候，并不是在完成一项任务，而是在享受其中的快乐。我们都有自己的技能和天赋，而且我们每个人应该为自己能做到的事而感到骄傲，因为我们都能擅长做某种事情，最重要的是你热爱你正在从事的工作。

人们总想知道我是怎么开始弹钢琴的。我猜你会说偶然的可能性比较大，不是有意要学。其实，是爸爸让我走进了音乐的世界。

一切回到我还是个小婴儿的时候，有天妈妈出去了，我第一次和爸爸单独在一起。起初他觉得他肯定能应付。他的计划（爸爸总有个计划）是让我上床睡觉，然后他打开电视看球赛。像妈妈每天做的那样，爸爸喂我吃饭，给我换了尿布，然后给我穿上睡衣，想着一切正按计划进行。我应该挺高兴，对吗？饱饱的肚子，干净的尿布。

但不是。我开始高声尖叫起来。爸爸此前从没独自处理过这样的情况，因为都是妈妈哄我安静下来，然后一切照常。他刚当了爸爸，还不知道该怎么应付一个哭喊的孩子。于是他尝试了他能想到的妈妈会做的一切。他拿起瓶子，让我再喝点奶，但我不想喝。他检查了我的尿布，什么事也没有。他把我抱在膝盖上，上下颠动。他哼起曲子，给我唱歌。他把我抱到摇椅上，摇晃着。没一样管用。

爸爸抱着我，向后退退，又向前走走，时快时慢，这样反复着。可我还是哭喊个没完。这时，他决定干脆就把我放到床上。我安静了一下。然后他走出房间，关上了门。我哭得更大声了。爸爸那时已经烦了，我不能责怪他。

他没有一听见哭声就回来。他想，这是个意志的考验。最终，我哭累了，也就睡着了。但爸爸很快就感到内疚。如果这么大声地哭对身体有害怎么办，比如使血管破裂，或是损伤我的声带？他又坚持了一分钟，站在婴儿房门外，觉得我已经没劲了，其实我正缓口气、重整旗鼓。“好吧，你赢了。”他小声嘀咕着，把我从床上抱起来。重新又来一遍：抱在膝盖上颠动，哼曲子，唱歌，放在摇椅上摇晃，抱着溜达。

爸爸不是个很有耐心的人，那时候，还不如现在呢。我考验着他的底线。但他说当他看着我哭得气喘吁吁的，小脸红红的，尽管他头都炸了，也只感到对我深深的爱。于是他就接着抱着我溜达。

因为我一直哭，爸爸放弃了电视上的棒球比赛。他真希望妈妈在家，但他不敢给她打电话，他知道电话那头会没完没了。他会听见她说：“我就这一次大中午的让你自己陪我们的儿子在家，然后你不到一个小时就给我打电话，让我回家营救你……就为了你能看那倒霉的球赛？”

这时，爸爸已经是数着时间等妈妈回家了。他把我抱在膝盖上，盯着我，琢磨着我怎么能一直坚持着。就在这时，他看了眼钢琴。

他站起来，走到钢琴边上，把我的毯子放在钢琴顶上。我家的钢琴高高的，靠墙直立着。钢琴的顶端很窄，他就把我放那儿了，让我平躺在毯子上。爸爸现在承认这可能存在安全隐患。他确信如果妈妈看见他这样做，会拧断他的脖子。

他挪了挪我，让我更靠近墙，我看上去挺稳当，但还是撕心裂肺地哭着。你猜怎么着？爸爸本身就懂音乐，喜欢接受请求，他利落地坐下，开始弹催眠曲。嘣！音乐一响，我立刻就不哭了。爸爸吓了一跳。我特别安静，他起来看看我，确定我还喘着气。是的，我没事。他马上说了句谢天谢地，又弹了起来，这次显得欢快了很多。简直太神奇了！天上的天使可能正低头看着他，大声笑着说："我知道那个笨家伙早晚能解决好。"

爸爸继续给我弹着琴，我仍然很安静地躺在钢琴顶上。弹到一个地方，他停下来，我就有点儿要动弹，于是他继续弹。似乎跟弹什么曲子没多大关系，只要弹着就行。什么都不能让我安静下来，为什么钢琴可以呢？从那天起，我们一直没法解答这个问题。也许是身下的震颤安抚了我；也许是声音本身，对我来说新鲜而有魔力。或者根本就很简单，比如我就是怕死？我想我们永远都猜不透。

爸爸

从那儿以后，一到需要我临时照看孩子时，钢琴就像有魔力一样。很多年后，再回想这些，我想到我小时候也是很自然地就爱上了弹钢琴。那时，这种娱乐可以把我带到聚光灯下，获得我所渴望的众人的关注目光。现在，我意识到它还意味着更多——为帮助我带大一个特殊的孩子做好准备，一个很多方面都受了限制，却在音乐上有着无限潜力的孩子。

如果我不会弹钢琴，帕特里克·亨利能发现他的特殊才能吗？谁知道呢？感谢上苍，答案无关紧要。但是，我经常琢磨，上帝很特别地把帕特里克·亨利送给我们，那么他的出生一定不仅仅是两个极为罕见的隐性基因的偶然结合。这还是个完美组合，让我能在他很小的时候把他带入钢琴的世界，反过来，我的儿子可以教我如何成长。

帕特里克·亨利

大约九个月大的时候，我能自己坐着了。于是爸爸就把我放在一个老式的木制高椅上，让我坐在钢琴旁边，看看我有什么反应。他料想我可能会喜欢拍打琴键。

跟爸爸想的一样，我特别喜欢按琴键。但我从不猛击它们。爸爸说我小心翼翼地、轻轻地敲着琴键，就像它们很容易破碎一样。爸爸让我尽情地弹着，我并没有很快就感到厌烦，这让他感到惊讶。而且正相反，每一个音符都深深地吸引着我。

从那天开始，之后的每一天，我都得弹会儿琴。我关于钢琴的最早的记忆，是不同的音符怎样让我联想到不同的声音。有些音符让我想起爸爸妈妈和爷爷奶奶，而有些让我想到小朋友的声音，还有些让我想起在外面听到的某个叔叔或阿姨的声音。

有一天，爸爸敲了一个琴键，我听着声音，找到了那个琴键，弹了一下，这让爸爸大吃一惊。可能运气好，蒙对了，他这么想着，因为我根本看不见键盘，也不能轻易地伸手够到它。于是爸爸又敲了一个琴键，据爸爸说，这回我不仅找对了琴键，还像一个音乐大师似的弹了一下。他反复地这样做，我总是能找对。我们这样玩了一会儿，我一点儿也不想停下来。当重复一个音符看上去已经没什么挑战性之后，爸爸开始从键盘的不同区域任意选择三个音符，我找到后，再弹给他。

我是怎么做到的呢？这些年来很多人都问我这个问题。我很自然地就做到了，就像蹒跚学步的孩子迈出他们的第一步一样。他们怎么知道如何掌握好平衡，站直，然后一只脚放到另一只脚前面呢？他们就凭着感觉那样做了。

爸爸喜欢解答问题，他总是试着找出问题的答案。他告诉我，他坐在那儿，闭上眼睛，想象自己是一个带着尿布的孩子，在看不见别人先弹了一下的情况下，他怎么在钢琴上找到正确的音符？即便知道了是哪个音符，他又怎么才能记住这些琴键都在哪儿？他知道我敲击琴键时，并不是随便弹的，而是经过考虑，有目的地去弹某一个键。在九个月大时，我就能认真地思考了，全神贯注地想着音调。爸爸估计我还有了某种与空间关联的理解力，所以我听见某一个琴键的声音后，能够判断出它是在我的左边，还是右边，还有大概离我有多远。也许是吧。

我的父母也对我能够弹对听到的次数感到惊讶。我不仅能确定琴键的位置，还能准确地弹出听到了几下这个键的声音。当爸爸一次、两次、三次、四次连续地弹着同一个琴键时，我能一次不落地重复出来。当他随便地弹几个不同的琴键时，我也能正确地重复。

我特别喜欢这个“找音符”的游戏，而且我每次找对后都很兴奋。爸爸对这一点也不理解——他还没告诉我，也没欢呼称赞，我怎么就知道弹对了呢？我就是知道我弹的是那个音符。过了一段时间，我想爸爸放弃了寻找这些问题的答案，接受上帝给了我极好的天赋的事实。

爸爸

我喜欢和儿子一起弹琴，特别是我们一起玩“找音符”的游戏。本来，这种情况我根本想都不敢想，但一切就这样发生了，我享受着和儿子在一起的满足感，我们的宝贝，一个带着太多缺陷、永远不能被看做正常人的孩子。正常？感谢上帝，我的儿子除了所谓的“正常”，无所不能。

他各方面的天赋都很了不起，所以我想我不该对帕特里克·亨利很快就学会了跟着我弹音符而感到惊讶。这么小的年纪，通过耳朵识别来弹琴会有什么极限吗？我决定研究研究。每天，听和弹的练习都会增加，同时也变得更具挑战性。这样练习了几个月，不到两岁时，我们就能一起弹奏和谐的旋律了。我拉小提琴的时候，帕特里克·亨利可以弹着钢琴为我伴奏。我把录音机放在钢琴旁边，他会跟着录音的播放弹起《芝麻街》。

我喜欢在有客人的时候让他也在场。我跟他说，弹一段《小星星》或者《你是我的阳光》，他能出色地完成。我的胸脯就挺得高高的，感到十分骄傲，尽管我不该那样。因为这一切并不是我的功劳，我还没那么大能耐教出这样一个两岁的学生。我所做的就是让他接触钢琴，然后教他一些基础知识。之后，都是帕特里克·亨利自己完成的。

现在，帕特里克·亨利为观众演奏完钢琴之后，他们肯定会对他能弹奏和演唱这么多不同风格的曲子而感到震惊——古典片断、当代音乐、乡村派、西方音乐，你尽管说。我担心很多听众把我想成那种懂音乐的父亲，成天想着把自己失明的孩子制造成下一个雷·查尔斯，史蒂夫·旺德，或是罗尼·米萨普。事实上，情况正相反。

我和太太打扫房间或是在后院干活时，我的儿子能自己在钢琴边弹上几个小时。我们房里安着监听器，所以我们在外面干着活时，也能听到他在房间里快乐地弹着琴。他从不停下来歇一会儿，或是想知道我们在哪儿。帕特里克·亨利弹琴时，简直身处另一个世界。

事实上，让他离开钢琴都成了项艰巨的任务。他还是个小孩子，所以要求很多。他常常对自己一个人弹琴感到不满足，坚持让我和他一起弹。我想在某种更深的层面上，他知道我也渴望这样，并且跟他一样，从中收获良多。这是我们两个人的棒球游戏，一投一接，爸爸和儿子彼此分享着快乐。我们永远不能一起玩橄榄球，打高尔夫，或是任何我向往的运动项目，但这都没关系，因为上帝做了另一番安排——一个比我能想象到的任何场景都更伟大、更美妙的版本。我相信，这些才是我会拉小提琴、弹钢琴、弹吉他、吹小号，并且在大学主修了音乐专业的真正原因。我在为扮演好人生中最重要的角色而做好一切准备。

因此，钢琴成了一种生活方式。帕特里克·亨利一天都不错过，除非我们出去，到了一个没有乐器的地方。就算那样，他还很可能带着他的玩具键盘。

帕特里克·亨利

我还记得我的玩具筐。那里面大部分的玩具都可以发出某种声音——吱吱叫的声音和铃声是我最喜欢的。我挤捏着它们，然后往周围一扔，等着听它们发出的声音。我还喜欢录音机。每天晚上睡觉前，我都会听一会儿。我最喜欢两段故事。一个叫“彼得和狼”，是讲一个男孩在森林里逮到一只狼，并把它送到了动物园里。另一个叫“管弦乐队”，一个人讲述关于各种类型的合奏（室内乐、交响乐、爱乐乐团），音乐能代表什么，音乐是怎么创作出来的，还有组成管弦乐团各部分的乐器。

一个小孩会喜欢听短笛和打击乐，挺有意思的吧，但我的确对这些着迷了。其他的小朋友喜欢儿歌，那我喜欢管弦乐又有什么可奇怪的呢？一样的，从某种意义上说，不是吗？我感觉我和其他小朋友的相同点多于不同。我明白自己喜欢这么想。

每天，爸爸都会教我新的乐符和和弦。我弹一个音符，爸爸会把它唱出来，或是告诉我这个音符是升F调，还是降B调，或是其他的什么。我会同时弹两个音了，爸爸会告诉我这两个音是纯四度、大三度、小二度，还是八度音。在那个年龄，我还不能准确地用语言告诉爸爸，我想知道钢琴是怎么工作的，但是爸爸知道我有这种想法。在我家老式直立钢琴的键盘上面，有一对门，打开它，就可以看见小槌。爸爸打开了那对门，拿起我的手，让我感受小槌敲击金属琴弦，当我敲琴键时，小槌敲击琴弦发出了震动。我想感受每一根琴弦的震动。这就是我怎么学会的弹钢琴，每次我都会学到一些东西，然后就想知道更多。我猜你会说我对钢琴着了魔。

在我学会了几首简单的曲子之后，我和爸爸开始玩另一个游戏。我坐在高椅上弹奏曲调，爸爸坐在钢琴的另一头，弹伴奏音。和爸爸一起弹钢琴简直太有意思了，所以我总是想让他在我身边。这不仅仅是为了音乐，而是我们一起分享共同的爱好。不过爸爸有工作和其他的事情，所以我必须接受，不是任何时候我想弹琴爸爸都在。虽然我不喜欢这样，但你不能让事情总是按照你的想法进行。

我开始上小学时，每天上学前，我必须确定自己有足够的钢琴时间，跟着录音带，从头到尾弹完整首童谣。如果在录音放完前就得停下来，我就很生气，会威胁说，我要写下我的愤怒，向老师抱怨。现在回想这些，这对我父母来说肯定很有趣——“我要向老师告你们一状！”

五岁之前，爸爸一直是我的钢琴老师。他很棒，对我很有耐心，而且他让学钢琴变得很有趣。五岁时，他觉得我需要一个“真正”的老师了，能指导我提高到另一个水平。我的第二个老师是狄安娜·斯科金斯小姐。她也是个盲人，爸爸再说起那时候时，他管那叫做“盲人引导盲人”。他把这看做一种真诚的赞美，因为他确实想让狄安娜小姐成为我的老师。当她接受时，爸爸特别高兴。

爸爸从不教我弹钢琴的正确手部技巧——怎么放置你的手，哪根手指应该按哪个音符。我一直就怎么自然怎么弹，这样似乎也弹得挺好。我的手和手指不是很灵活，不能像大多数人那样拿起勺子或铅笔，不能用手做很多事情——那些人们认为理所当然的事。这让我的演奏复杂化了，因为除了手和手指带来的限制，我还不能伸展胳膊，于是我能够到的地方就很有限。所以我的方法有点儿类似折中似的综合运用。

爸爸小的时候，虽然喜欢弹钢琴，但他讨厌学习那些技巧。老师的逼迫让他太痛苦了，他尽量强忍着。爸爸担心一个能看得见的老师会看到我乱七八糟的弹奏方法，于是就想纠正它，让我按照规则重新弹。但最重要的是，他不想让任何人夺走我弹琴的快乐。

狄安娜小姐看不到我没有按正确的方法运用小拇指，或是没有正确地把手弯曲，或是其他什么违反规则的地方。因为她也是盲人，我的技巧就不会成为问题了，这样我就能把所有精力都集中在音乐上。这使她成为我最理想的老师。我们专心于被我们称为“古典短篇”的曲子——巴赫的小步舞曲或是贝多芬的小奏鸣曲，采用的是标准的铃木教学法——听和模仿。这跟孩子学说话的方法差不多。

狄安娜小姐教了我五年，正好到我十岁做脊柱侧凸这最后一个手术的时候。手术后，我需要休息一段时间，因为我不能坐起来弹琴，而当我能坐起来时，也很难长时间地坐着。没有了钢琴，就像我生活的一部分被偷走了一样。我的家人会告诉我：“一切会过去的，要坚持下去。”是会过去，但时间太漫长了。

终于，我的后背养好了，又可以回到键盘旁了，我就像一天都没落下过一样。每个人都感到惊讶，我能记得所有学过的东西，并仍然按自己过去的方式弹着。对于我来说，这就像摘水果一样。我很长时间不能来摘水果了，但当我重新回到果树下，水果就在那儿，挂得低低的，正等着我摘呢。

到那时，狄安娜小姐告诉我的父母她已经把她会的都教给我了，他们应该给我找一个更好的老师了。她说：“如果他一直这么努力，总有一天他会很出色的。”当爸爸告诉我这些时，我笑了，就好像我曾经想过放弃一样。最后一节课时，我和爸爸感谢她为我所做的一切，她亲了我的脸颊，跟我说再见。

有时候人们想知道，我已经学到一定程度，能弹得很好了，为什么还需要一个音乐老师呢？没有老师，你就不能学到更多的知识，去弹更有挑战性的乐篇。在不跟狄安娜小姐上课之后，我开始觉得没意思了，因为我整天只能重复地弹一些相同的东西。我在外面演奏时，经常弹一些古典乐章，但自己弹时，我就特别喜欢弹摇篮曲，还边弹边唱。由于我的声音还很轻柔，而且音调又高，就像维也纳童声合唱团，有时候我都快让爸爸妈妈睡着了。

或许是爸爸不想再听勃拉姆斯了，他开始加紧为我找老师。他找到的第二个老师很有资历，正是他想找的那种人，于是我的新课程开始了。但是一切并不顺利。

就像担心的那样，这个新老师对我的技巧方面感到很吃惊，并且开始纠正我所有的坏毛病。他是个专家，所以如果他认为我必须改掉这些才能成为一个更好的音乐家，那肯定没错，就照他的要求做吧。但是我的尝试非常糟糕，而且我得说，这不像跟狄安娜小姐上课那么有意思。

爸爸看出了这些，他想从中调解一下，为我的情况说些好话。他想这个人应该能理解我喜欢弹钢琴，这也是我弹琴的原因。爸爸并不是雇他来把我教成下一个列勃拉斯或者范·克莱本。可爸爸说服不了他。实际上，几节课后，那位老师告诉我的父母唯一能够让他接着教下去的办法就是爸爸别多嘴、别参与我的课。这下你能猜到我爸爸的反应了吧。他火了，然后这一段就结束了。

再找个新老师并不容易，这个寻找的过程持续了很长时间。后来，像往常一样，在最关键的时刻，最合适的人选就出现了。

在我更小的时候，大概八岁吧，曾经有一次，爸爸带我到当地的一家钢琴店，试弹一些更好的钢琴。我坐在其中一台很好的钢琴前弹了起来，一架小型平台钢琴——多好的款待啊！我们不知道的是，我在那儿时，一位很有造诣的、在茱莉亚音乐学院学习过的钢琴老师，亨达·奥德曼小姐，正听着我弹巴赫的G大调小步舞曲。后来她说，听我弹琴时，她感到肃然起敬，并告诉店里的人，她很愿意收我做学生。

几年后，当爸爸正为我找新的钢琴老师时，我们去了那家钢琴店，看看能不能给我们些好的建议。当爸爸正和老板说话时，亨达小姐从工作室里走出来，认出了我们。她当时正要走出钢琴店，但认出我们后，就停下来跟我们说话，无意中听到我们正在找钢琴老师。太好了！她当场同意收我当学生。爸爸把她叫到一边，跟她说我弹奏和学技巧时会出现的身体上的局限。这些有没有问题？她马上就理解了，她觉得弹琴的快乐比什么都重要，而她不想夺走那些快乐。我们谈成了，接下来的三年中，我就在钢琴店里跟她上课。

亨达小姐开始教我的时候，我差不多十二岁，钢琴中级水平。我不喜欢通过盲文读曲子，尽管我会，所以我上课时，亨达小姐会把我们要学的篇章提前录下来，她会特别慢地弹，让我能听清每一个音符。在我来上课之前她要做大量的工作。但她说没关系，因为我每次来积极性都很高，对弹琴充满了热情。

她教这个水平的其他学生时，会让他们弹的时候把木窗板放下来，这样他们就看不到键盘。如果你总是习惯用眼睛找着琴键，你的头就会上下来回动，抬头看看乐谱，然后低头看键盘。起初，学生不喜欢按她的方法弹，因为这跟他们原来习惯的弹法比，变化太大。她跟我说："看看你多幸运吧，我不用那样要求你。"

钢琴键盘上一共有八十八根琴键，我真希望自己都能弹到。如果你曾经看过我弹琴，你就会发现我的胳膊肘离我的身体两侧很近。这对演奏比较宽的乐器很不利，特别是当你需要够到乐器两端的时候。但我的胳膊就长成这样，没办法。所以，当我练习门德尔松或是其他音乐家富有挑战性的作品时，我可能得尽量向一侧倾斜着身体，然后在应该只用左手弹的地方借用一下我的右手，这样才能够到最靠边的琴键。或者有时我应该弹一个五个音符的和弦，但我只能够到三个。这样弹出来的音乐就不能像它本来那么饱满。这时亨达小姐就会说，不管我用什么办法，只要能弹出来就行。我喜欢她这一点，她的灵活。尽管她接受的是茱莉亚音乐学院的古典传统教育，音乐大师的方式，但她的态度很像爸爸——想方设法、竭尽所能完成它。

亨达小姐告诉爸爸，她从没教过像我这样的学生。我们想，她当然是指一个没有眼睛、胳膊的运用又很有限的学生。但事实不是，她是说不管她丢给我什么，我都渴望接住它。她给我留了个作业，她觉得需要很长时间才能掌握，但我下周来上课时就完成了，为下一个阶段做好了准备。有一次她问我："帕特里克·亨利，你从不睡觉吗？"我告诉她我一有机会就练习，只要我一想到它，不管在白天还是晚上。我跟她说，我也睡觉，但睡得不多。

最终，钢琴店关门了，我们改成了到亨达小姐家上课。那儿总是香气袭人，让你深呼吸后享受着这味道。有时是新鲜出炉的巧克力曲奇，有时是花香，还有时是香水的味道。我第一次进门时就试着猜出这是什么味道。那儿太温馨了，亨达小姐太热情好客了。我就像在自己家里一样。

爸爸

我儿子和亨达·奥德曼之间很快就建立起了亲密无间的关系。第一天，帕特里克·亨利就说："我能亲你一下吗？"她很热情地接受了，从那以后，他们开始上课时，总是先互相拥抱、亲吻脸颊，下课时也一样。帕特里克·亨利习惯用这样的方式跟女士打招呼，但有一回在亨达那里，他第一次遭到了拒绝。

我们去上课，正好亨达的一个女学生刚刚下课。她跟帕特里克·亨利差不多大，十五岁左右。他们被互相介绍了一下，然后我儿子突然提出了这个问题："我能亲你一下吗？"她停顿了一下，有点儿紧张不安，然后说："不，谢谢。"我看着帕特里克·亨利的表情。他看上去就像手里拿着一条橡皮蛇一样，不知所措。他说："哦……好吧。"然后她走过来，握了握他的手。过了会儿，我告诉他，这是个安慰奖。我还跟他说他跟女性打交道的成功率高达99%，比目前为止世界上任何其他男性都高得多，包括沃伦·比蒂和唐·璜，所以他不该对这次遭遇感到不愉快。

我送帕特里克·亨利去上课时，通常是先送他到那儿，然后去干点儿别的差事，再回来接他。有时候，我回来的如果早一点，进去会赶上亨达为给他上课准备的录音带的尾巴，总会有她称为"爱心小贴士"的话语，比如，"这周过得很愉快。你是最棒的，我的心肝宝贝"或是"你是我的巧克力甜心"。他听着，开心地笑起来，然后回赠一些甜蜜的祝福。他喜欢称亨达为他的逾越节小面包，能反映出她的犹太传统。亨达说当我们去旅行，帕特里克·亨利不能去上课时，她一个礼拜看不到他，就会想他。

我相信她的话。

亨达有一次告诉我他们上课时她和帕特里克·亨利的一次对话。她说："您的儿子在很多方面都多次让我感到惊讶，但这次印象最深刻。"他们像平常那样聊着天，她问他，他想过要看到他从来没看到过的一些东西吗？因为他们已经认识了很久，他想知道她长什么样子吗？她对帕特里克·亨利很快地就这样回答而感到惊讶。"我知道你长什么样子，"他说，"你和蔼，善良，各方面都很美。"

我想，衡量热爱的试金石，就是当你所爱的东西被夺走时你会如何反应。有段时间，帕特里克·亨利由于背部手术，不能弹钢琴了。他接受了在那样的情况下确实弹不了的事实，知道一养好身体就能再回到钢琴旁边。但当由于我们紧凑的旅行安排，而不能弹琴的时候，他就真的感到闷闷不乐。大多数人不会注意到他情绪上的微妙变化。比如，如果我提到在商店、购物广场或是宾馆大厅里看到一架漂亮的钢琴，他就想让我马上带他去。如果没时间，他会表示没事，那就算了，但我敢说他会有点惆怅。

帕特里克·亨利

2001 年，我们全家到田纳西州的一个度假村去旅行。我们去了将近一个礼拜，玩得很开心。但离开我的钢琴五天简直太漫长了，我开始产生了严重的钢琴忧郁症。爸爸知道我情绪低落，尽管我尽量隐藏着不表现出来。

在那儿的时候，我们去教堂参加一个弥撒，结束后，爸爸问唱诗班的主管，他们锁钢琴前能不能让我弹一会儿。后来，他告诉我，那个人朝他露出一副很有趣的表情，我猜是因为他觉得这是个奇怪的要求。看了我的情况，他可能担心我会一通乱敲，把钢琴弹坏了。但他还是同意了。

我想一口气弹奏六个不同的曲子。我选择了贝多芬的《月光奏鸣曲》，开始弹了起来。那些要离开教堂站在门厅的人们停下了脚步，回到教堂里听我弹奏。人们聚集在钢琴周围，就这样，他们意外收获了一场小型独奏会。

爸爸逗我说，你真爱卖弄，我猜我是吧。但是，老实讲，我弹琴不是为了吸引注意力。如果人们很安静，我甚至都不知道或者注意不到他们围着我。我只是爱弹琴。

现在，皮特·皮诺先生，那个教堂唱诗班的主管，还有他的太太邦尼，跟我们是朋友了，也是跟我们最要好的两个人。我们第一次到那个度假村旅行之后，后来又回去了几次。第一次又回到那里时，我们为镇上的人开了场音乐会。从那儿以后，我和爸爸被邀请回去，在多个社交集会上进行座谈和表演。钢琴不仅仅是一种爱好，而且成为了我和陌生人的交流方式。

亨达小姐的课程进行得很好，我十几岁时还一直那样继续着，不过最终还是出问题了。她门前有几级挺陡的台阶，随着我越来越沉，爸爸越来越难把我抱上去。他担心他要滑倒了再把我摔着。他不想说，每次总是磨磨蹭蹭，能拖就拖，但最后，他不得不告诉亨达小姐，他再也抱不动我了。我们知道我很快就要去路易斯维尔大学上学了，于是大家就希望我能在那儿重拾钢琴课。

但是亨达小姐不听这些。她很冷静，说：“没事，那我去你家就好了。”爸爸告诉她，会为给她带来的不便多付一些钱，但她不要，从此她就来我家教课了。我们都把她看做我们大家庭中的一员。她就像我的第二个妈妈。

幸亏她同意继续教我，因为我们很快就发现，由于我在路易斯维尔大学并不主修音乐专业，所以没有钢琴教授能收我做学生。但像往常一样，事情的结果又变得很理想，因为迈克尔·特奈尔博士同意教我吹小号。于是，我有幸拥有了世界上最好的两个老师——亨达小姐和特奈尔博士。

大多数人以为我会在大学修音乐专业，但我没有。我还爱上了别的东西——西班牙语。从第一次听别人说西班牙语时，我就想尽我所能，更多地了解和学习这种语言，所以我选了西班牙语专业。爸爸告诉我，在现实世界中，我是不是音乐专业，其实没多大关系。比如说，一个管弦乐选拔赛，评委并不介意你的学位。事实上你在帷幕后面试音，所以他们并不知道你是谁、长什么样子。你要做的就是演奏得特别好。

爸爸

有时候会有这种感觉，仿佛你的激情已经耗尽了、消失了，生活日复一日，每天都是如此：早上起床，跌跌撞撞地照程序行事，然后晚上上床睡觉。在很多事情中，我对儿子感到钦佩的是，他对他所追求的每一件都饱含着真正的激情和奉献精神，不仅仅是音乐。我们这个时代的伟大领袖告诉我们，真正成功的共同特征，是以一种强烈的情感去追求那些让生活变得有价值的东西，不管是什么。

二十岁时，帕特里克·亨利仍然对生活有着孩子般的热情，我想这是让他显得突出的另一种东西。所谓"孩子般的"，我并不是说幼稚，而是指那种热情，那种我们与生俱来、很小的时候都会表现出来的热情——只因为热爱而做某些事情，别无其他。看那些在操场上跑的孩子们，他们跑步并不是为了保持体态或者减肥，也不是为即将到来的比赛做准备，他们跑步，仅仅因为觉得有趣。这就是帕特里克·亨利做每一件事的原因。

他是怎么保持住这份孩子般的热情的，特别是在面对着所有的经历和痛苦的情况下？我的一个想法是帕特里克·亨利从来没有可以任意支配的富余时间。他日常生活中要完成的任务——像洗漱、穿鞋那些在我们看来理所当然、很快就能完成的事——对于他来说是费力耗时的。如果没有人帮助他，他就真的只能坐着轮椅打转，等人来帮忙，等着在别人的协助下完成那些事。所以当他终于有机会从事他喜欢的事情时，像弹钢琴，感觉会很不一样，他会非常专心，最大限度地投入到每一个瞬间。

儿子重燃了我对生活的热情。他让我知道家庭有多重要，我们如何像一个团队那样深深地联结着。就像很多教练说的那样，在"团队"中没有"我"。我喜欢我们有机会定期地公开露面，也喜欢和他一起旅行。通常，我和帕特里克·亨利先做一个简短的发言，然后他开始演奏。我渴望跟公众的每一次见面，不管是在什么地方，到那儿有多困难，得花多长时间，前一天晚上得少睡多少觉，或是有多少人愿意去参加。这成为了我的孩子般的热情，为我的生命注入了新活力。最后，我的生活有了一个比自己更大的目标：和我的儿子肩并肩，像那些参与我们活动的听众，传播上帝赋予人类的潜力和无条件的爱。太美妙了！这都归功于帕特里克·亨利。

追逐你的梦想，为梦想而活

帕特里克·亨利

声音把我的世界带入了现实生活中。不论是教堂钟声、号角声、汽笛声、鞋跟嗒嗒走在人行道上的声响，还是说话声调、手机铃声、笑声、喝彩声、割草机的嗡嗡声——它们都为我讲述着不同的故事。声音是我快乐、娱乐和信息的基础源泉。这就是钢琴对我来说可能比对其他人更重要的原因。

更重要的是，音乐是一种极大的挑战。最让人兴奋的人生追求是那些你永远都不能完全掌握的东西。在遇到亨达小姐之前，我以为我差不多学到了所有我能学到的关于钢琴的知识。我可能已经接近一座小山的山顶了，但她让我知道，当我到了山顶时，就会发现另一座山峰就在面前等着我呢。是音乐带来的挑战伴我度过了每一天。

做你喜欢做的事，并喜欢你所做的事，这就是成功的秘密。我爸爸大部分时间没有机会为他的生活这样做，特别是作为一个大人，常常不得不勉强自己做那些必须要做的事情。我想这就是为什么他这么支持我，帮助我追求梦想，到我上大学时，鼓励我学习西班牙语，仅仅因为我喜欢这种语言。我现在有一些其他的职责了，不能像原来那样有那么多音乐时间了，但我仍然尽量能多弹会儿就多弹会儿，因为弹奏时——或渴望弹奏时——我是最快乐的。有些人还没在生活中找到这种东西，这种能让我们完全沉浸其中，任何其他的事情都不能像它这样占满我们生活的东西。你需要做的就是不断地进行新的尝试。你会找到它，而当你找到它时，你会发现它是你一生都在寻找的东西。我有幸在很小的时候就发现钢琴就是我这辈子的追求，但你还可以发现新的热爱，不管在什么年龄。我相信每个人都需要一些珍爱的东西，一些能够让你想每天早上赶紧起床，立刻和它在一起的东西。

有人曾经问我，我是否把这种激情看成一种逃避。“对于我来说，”她说，“音乐能帮我远离我的工作。”想想她的话，我想不出我要逃避什么。不过后来我意识到，也许音乐是种逃避，是把我带往内心深处的一种逃避，而除了音乐，再没有任何方法能带我到那个地方。

第四章
成为一个让妈妈骄傲的你

我总是给我妈带来很多麻烦，

但我觉得她乐在其中。

——马克·吐温

帕特里克·亨利

我什么时候第一次意识到我和别人不同？第一次产生这种模糊的概念还是在我很小的时候，可能还没到蹒跚学步的年龄。

人们喜欢抱着我，而我会用手摸着他们。我注意到他们的眼睛是柔软的，摸的时候会来回颤动。可我的眼睛是硬的，而且不管什么时候，总是一动不动。但那时，我还会摸爸爸的胡子，摸上去感觉毛茸茸的，很粗糙，和我柔软的小脸蛋很不一样——和我弟弟们的脸也不一样。而且确定的是，爸爸妈妈对待我和其他任何人没什么差别。于是我就认为大人和小孩不一样，而我们每个人也都是不同的。

那时候，我以为每个人都要挣扎着才能站起来——就像我一样，人们不能自己完成站立——也没人能走路。我不知道那时我是不是真的明白走路是什么。当你看不见东西、年龄又特别小的时候，你的世界很渺小，而且很难想象你自己以外的生活面貌。但我稍微大一点之后，我可能开始琢磨别人是怎么把我抱起来，然后抱着我，或是给我拿东西。他们肯定能做一些我做不到的事。渐渐地，我开始意识到我和别人很不一样，而且有“特殊需要”，因为我不能走路。当我真正意识到这一点时，我下定决心，要尽我所能，减少自己和别人的不同。

首先我得想办法自己站起来。如果妈妈或爸爸让我倚着什么东西，比如咖啡桌，我就能站一小会儿。我的膝盖和胳膊肘一样，不能伸展。因为我的膝盖总是弯曲的，我一直是半坐着的姿势，所以如果后面没有东西支撑着我，我就会向后倒。

能自己站着是我的目标，但不管我多努力，都没法完成。后来我发现，当我戴上臀部和腿部支撑架时就会好一点儿。支撑架有一个很沉的金属底座和一个立脚点，当它拉伸我的膝盖，要把它们拉直时，可以从后面支撑住我。爸爸现在把它们比作中世纪的拷问刑架——有人一转手柄，它就拉伸你的身体。支撑架很不舒服，我的父母不想让我经常戴着它，因为它们似乎并不能真的拉直我的身体。（因为我没有髋关节，所以臀部的支撑架并不能让其他的关节更好地发挥作用；腿部的支撑架对我的膝盖似乎也没什么持续的效果。）但当我发现它们可以给我足够的支撑，让我能自己站着时，我便不介意常常戴上它们。

妈妈说我觉得这样特别酷（“嘿，看我！”）。但事实是，支撑架的底座和立脚点就相当于咖啡桌那样的东西，能够防止我向后摔倒。当我明白这一点时，就再也不那么渴望戴上支撑架了。现在，没有某种支撑，我仍然不能自己站立。

突破性的改变是我四岁的时候——我有了一把轮椅。有些人可能会想，我一定感觉糟透了，要在这张椅子上过一辈子。但我没有，我喜欢它。我现在能像其他人一样走来走去了，除此之外，我还拥有一把别人没有的漂亮“坐骑”。但是我养成了个坏毛病，我喜欢把手放在轮椅的轱辘上，在行动的时候，感受轮子的转动，胶皮轻轻地擦过我的皮肤。“不许那样，帕特里克·亨利。”妈妈警告我，但我没听。这能有什么害处呢？有一天，保姆推着我和两岁的杰西比赛，她推得很快。我们赢了，但倒霉的是我的手被擦伤了。哎哟！它们伤得很严重，需要包扎。从那以后，我明白了为什么不该把手放在轮子上。

有好几次我都问爸爸妈妈：“为什么我不能像其他人一样走路？”我不是烦恼，而是好奇。

妈妈会说：“上帝把每个人都造得不一样，而他把你造成这个样子。”他们也告诉我，虽然其他人会走路，但他们不会像我一样弹钢琴。听上去就好像上帝有一大盒子的本领，当你出生的时候，他把它们拿出来，分发给你。

我相信了他们的说法，这听上去非常合理。但如果我这样说：“好吧，我不能走路，没什么大不了的。”我已经体会过，有时候会造成别人的混淆或是误解。有些人可能会认为我不在乎能不能走路，或者认为我在逃避现实。其实我在乎，非常在乎。如果上帝告诉我：“帕特里克·亨利，你愿意今天开始走路吗？”我会立刻说我愿意。我相信大多数坐轮椅的人都恨不得脱离轮椅，完全靠自己生活。但老想着你不能走路这个事实，什么用也没有。所以你只能尽量不去想它，让它变得不那么重要，我就是这么做的。

但除此之外，我还寻找着上帝跟我们交换的东西，比如我弹钢琴的本领。还有一个好处是我不愿意放弃的。我喜欢触摸别人，也喜欢被别人触摸，被别人领着、抱着。因为我不能走路，所以每个人都有理由为了某些原因总得接触着我，特别是我小的时候。对于我来说，这很重要。

小时候，我知道大人是那些抱起我、拥抱我并且不介意我触摸他们的人。也是他们喂我吃饭，知道我喜欢吃多少。和我同龄的孩子们会介意我的特殊需要，如果我跟不上他们，糟糕——他们就走开了。于是我很快就决定，在我的世界里，大人是我友谊伙伴的选择。但由于我总是和大人在一起，奶奶担心我不知道怎么和同龄人相处。她跟妈妈说，我需要上托儿所。

妈妈对这个主意不怎么感兴趣。她以前也有过这样的想法，尝试白天找个好点的地方照顾我，但从没成功过。似乎没有地方愿意接受一个失明又肢体残疾的儿童。但这次，她很幸运。韦斯利社区活动中心说，他们的日托所会接收我，没问题。那时正是我蹒跚学步的年龄。

第一天，妈妈带我到那个活动中心，把我送下车。更确切地说，她是努力地让自己离开的——她说实际上工作人员不得不推着她的后背让她上车离开那儿。上班的路上，她哭了一道，那一整天都担心着我可能出现什么可怕的事。事实上，她根本不需要担心，我过得很快乐。我明白我去那儿的目的是和其他小朋友在一起，但起初并没实现这样的效果。早上，娜奥米小姐和杰拉尔丁小姐端来了早餐，然后两个人轮流陪着我，直到中午。之后丽塔小姐和洛伊斯小姐进来，备好了午饭，又和前两个人一样陪着我。后来又有贝蒂小姐、露比小姐、盖文女士、贝丝小姐再加上主管爱妮妲小姐。下午五点，正好妈妈快回来之前，丽塔小姐抱着我休息。真是太好了，我迫不及待地等着第二天再去，因为，就像爸爸说的，我被一群慈爱的老奶奶宠坏了。

过了一阵子，我结识了日托所的一些小朋友。我把他们当做我的朋友，尽管通常我们只一起玩小组活动。其他的时候，我往往爱做自己的事情。

在活动中心，有一个小的电子键盘，我很喜欢玩它。有一天，我正玩的时候，一个小朋友过来坐在我旁边的地上。“帕特里克·亨利，”她说，“你知道你是个盲人吗？”

我当时并没真正地想过这个问题，于是我说：“不，我不知道。”然后我朋友又问，我是否知道自己为什么是个盲人。

我想了一下，“不知道。”

“因为你天生就这样。”

“哦。”我说了一句，然后接着玩那个电子键盘。

我知道自己是个盲人吗？那时，我可能还不知道“盲人”这个词是什么意思。我知道自己看不见吗？这并不容易回答，因为我从没看见过任何东西，所以就不知道看不见的是什么。但我知道我生下来就没有眼睛，将来会植入一对人工眼球，以便看上去更像我的父母。

小朋友或是大人问我关于盲人的问题时，我往往会是一副满不在乎的表情。我对这个问题并没有什么情绪上的抵触；盲人就是盲人啊。妈妈说学校的辅导老师很担心，我这种对失明无动于衷的态度可能意味着我不能接受甚至是抗拒这个事实。辅导老师想给我做一些辅导，了解我的真实感受，帮我走出这种状态，并且他们希望父母不在场，单独和我交流。但爸爸妈妈担心，这样会帮了倒忙，过多地谈论我的缺陷可能会让我相信自己有什么地方不对劲，这样我会开始对自己感到遗憾，做事情时会开始找借口。所以，他们没同意给我做辅导。

妈妈知道别人的态度，特别是那些好心人，对我会有多大影响。有一次，我去看几个朋友，他们不知道我自己能做多少事情，于是他们什么事都不让我自己动手。我感觉很好，回家后，我想继续享受。于是，第二天早晨，当该做那些平时能够自己完成、不会出现任何问题的事情时，比如从床上起来到轮椅上，我开始哀诉我做不了，因为我是个残疾人。妈妈一跺脚，态度很坚决，很快就打消了我这个念头。“帕特里克·亨利，我知道你能完成，”妈妈说，“所以闭嘴，别抱怨了，赶紧动弹。”我很高兴她那么做了。

人们问我，你心灵的眼睛，到底看见了些什么？这很难解释，很难讲明白。设想尝试用你的胳膊肘看东西。如果你试了，你就会发现你什么也看不见，这就跟我的情况差不多。

人们问我，没有眼睛是不是就像闭着眼睛过一辈子。“一切都是黑暗的吗？”他们会问。我不知道黑暗是什么。这听上去一定挺奇怪吧。但要想明白黑暗，你就得体会光明，我没有一点儿线索。我能理解所有这些词在概念上的解释——我知道黑暗和光明是相反的，黑暗发生在夜里，而阳光出现在白天，它们是我感知不了的东西，但仅此而已。我甚至不知道阴暗和影子长什么样子，颜色就更别提了。所以，我想最佳答案是，我心灵的眼睛，什么也看不见。但是，我能体会。

我怎么处理信息，或是知道事物是不同还是相同呢？爸爸在这方面给了我不少帮助，他为我做模型。我不能用双臂围绕着汽车去感觉它。我只能感受它的某些部分，比如折叠车篷、挡板、保险杠、车顶，可仅仅这样我还是不知道汽车长什么样子，但手中能拿着一个六英寸的模型就大不一样了。一头奶牛、一只大象，或是一匹马，都可以通过这个办法来感受。一旦我让自己熟悉了一个东西的微型版，我就能想象它扩大了成百上千倍之后是什么样子。

抚摸实物是很有帮助的。如果我有一个犀牛的塑料模型，我能知道它的形状是什么样子的。但是在真正感受到它粗糙的毛皮，或是另一种类似动物的毛皮之前，我关于它的信息还是少得可怜。

我怎么产生记忆呢？我感受它们，以一种可能跟有视力的人极为相似的方式，除了我对发生的事情没有任何的视觉图像。视觉记忆是可视人群的高级优先权；我知道当我的父母清楚地看见一些事情时，在他们的记忆里，会形成一定的画面，就像拍照一样，日后可以回忆，可以再看到那些画面，这样他们就能很好地记住。但是其他的感官也一直被利用着，不管你有没有视力。如果你闻到一个热狗的味道，但是你还没看见它，有人问你这是什么，你通过记忆也会知道是个热狗。你会产生某种感觉，并把它解释为“热狗”。也许你还会把那个热狗和某个时间、某个地点、某种经历联系起来——去年夏天的一场棒球比赛上吃的。我也是一样。由于没有视觉记忆，我想我依赖其他感官获得的记忆，可能比有视力的人同等情况下更敏感、更详细，尽管我没办法确定。

当我进入公立学校，开始上启蒙课时，我的与众不同事实上成了件挺好的事儿。所有的同学都想成为我的助手，帮忙推着我，保证我的每一种需要。终于，老师不得不制作一张表，安排好每天由谁来帮助我。当老师让我们围坐一圈，给我们朗读时，每个人都想挨着我，结果大家都疯狂地抢位置。于是老师又不得不再做一个表，安排好谁在什么时候坐在我旁边。起初，我喜欢所有的这些关注。但后来，当我开始意识到为什么我会有这么多的关注时，相反地，我就不喜欢这样了，因为我不想被大家看做这么与众不同。

尽管我还是喜欢跟大人和我的弟弟们在一起，可随着我进入学龄阶段，被同龄的小朋友们接受对我来说越来越重要了。我的父母主张我上学。在学校里，到处都是帮助我的同学，方方面面都有，这样我上学就变得很可行，我还参加了所有我能够参与的活动，从仪仗乐队到学生舞会。但不管你做什么，不管别人多么欢迎你的加入，事实是，如果你是“特殊的”，你就永远不能跟其他的人一样。不过，最终我意识到，这没关系。当我在音乐和舞台上开始被人们关注时，我作为一种与以往不同的“特殊”被认可，这是我想要的那种关注。有了这种经历，我能忘掉其他的那些感觉了。

爸爸

我儿子知道他看不见。但我不确定他确切地知道那意味着什么，特别是它可能涉及“看得见”这种概念，因为他从没看见过任何东西，所以就没有参照点。他的站立和行走也是一样。我认为没有一个非常明确的、明显的点，让他能够突然意识到，因为他看不见，所以与众不同。不管是对是错，我和我的太太，对待帕特里克·亨利就像对待其他的孩子一样，包括我们另外的两个儿子。当然，我们会跟他解释我们为什么做这些事情，为什么带他去看修复眼睛的专家，佩戴矫正器，去治疗专家那儿做特殊的练习，去制作胳膊和腿的支撑架，去找外科医生做这么多的手术，等等等等。我觉得我们处理这些事情就跟“正常”孩子的家长跟他们解释戴牙套或配眼镜的需要一样。这些事情只不过是需要去完成，就像我们做家长的喜欢说：“为了你好。”

我想会有这么一个时机，我们要和帕特里克·亨利进行一场重要的交谈，谈谈关于他的问题，类似于你们跟孩子讲解基本的性知识。但是对于帕特里克·亨利来说，还没有发生什么事情让我们要这么做。也许正是因为这样，他小时候才没有过多地注意他的身体情况，也没老琢磨着他的身体限制。

当其他同龄的孩子们开始学习阅读和写字时，帕特里克·亨利的失明终于浮出水面，成了最重要的问题——我们的儿子也该学习读写了。但是他不能按照他们的方法来学习。他得用靠指尖能感觉到的编码点。唯一一种他用笔进行的真正意义上的书写是他的签名。我必须帮他把笔准确地放在签名栏上，然后告诉他有多大的地方可以写他的名字。有些东西你签字时必须把你的签名缩在一个很小的空间里，比如一份政府文件，而有些东西签名的空间很大。

帕特里克·亨利

我的父母跟我解释说，我不会像班上其他的小朋友那样学习读写。“没关系，”我说，“我更愿意弹钢琴。”可惜这并不是他们要告诉我的。我还是得学，但我学习的方法被称为盲文。

我讨厌非得学盲文，我看不到它和现实的关联性。它只是一群凸起的小点，什么意义也没有，而且它还占用了我本来可以用来弹钢琴的时间。于是为了让盲文学习显得更有意思，更像某种家庭活动，我的父母决定他们在家和我一道学习。

学习盲文有几种不同的方法。在一级系统中，你会学到二十六个字母在盲文中的表现方法，然后像有视力的人使用罗马字母一样使用它们。字母由一到六个凸点按不同的组合，以网格的形式表达。在一级系统里，如果你想写“and”这个词，你就要用字母“a”、“n”、“d”的盲文：⠁⠝⠙。我和我的父母从这个方法入手，开始时，爸爸对整件事很投入，很卖力。一级系统是比较慢的方法，但也比较容易学，因为你所要掌握的就是学会二十六个字母。

过了一阵子，随着学习的进展，我们开始学习比较常用的盲文二级系统了。你仍然得学会字母，但比如像“and”这样的词，就不用把三个不同的字母放在一起，而是只用一个盲文文字，叫做缩写——一种特殊的凸点设计。这样，“and”这个词就写为⠯。同样地，像“can”、“the”、“go”、“do”、“that”和其他一些常用的词，也都是这样的写法。

一旦你熟悉了方法、入了门，二级盲文会比较快，但除了学习二十六个字母，你还得学会大约二百五十个缩写。这太复杂了，而且我们在家用来学习的材料，对很少用到盲文的我父母来说并不怎么容易，他们觉得不好理解。爸爸不喜欢二级系统，我听见他跟妈妈抱怨。我开始比他们学得快了，因为在学校我有个盲文老师，内蒂·伍尔夫小姐。不过我是花了一段时间才开始有进步的。

我仍然很顽固，所以在初期，我想了个办法来摆脱内蒂小姐。她让我用盲文朗读苏斯博士的《戴帽子的猫》，这是我最喜欢的书之一。爷爷给我读过好多遍，内容我都记得。所以当她把书给我，翻开第一页时，我就假装我在读。我用手指快速地摸着凸点，却凭记忆背着书的内容，然后我翻到下一页。我一点儿也没出错，但我刚“读”了几页，她就明白了是怎么回事。现在回想，可能是我“读”得太快了，比读盲文应有的速度快太多了。

“帕特里克·亨利，”内蒂小姐严厉地说，“你应该读书上的文字，而不是通过记忆告诉我这是个什么故事。这样对你没有丝毫的帮助。”

我也看不到学习盲文对我有什么帮助，但是我被打败了。我知道只能服从安排，开始认真地学习这个东西。但我并没放弃暗中搞破坏的主意。我很善于跟大人打交道，每次想改变个话题，总是能成功，我想这对内蒂小姐应该也管用。于是，当她跟我讲清楚日常课程的详细安排，准备上课时，我开始问问题，希望我们的课能沿着一条长长的、不同的路径发展。

“内蒂小姐，谁发明的盲文？”

“这个体系最初是一个军人发明的，他叫查尔斯·巴比尔，是十九世纪初法国军队的一个上尉。他把它叫做‘黑夜书写’，它本来是让士兵能够在不说话，夜间没有光亮的情况下，传递信息。”

“那为什么不把盲文的名字定为巴比尔呢？”

“巴比尔先生的体系太复杂了，军队拒绝使用。如果不是路易斯·布莱叶及时发现了它，并将其完善，这个系统就已经消失了。”（布莱叶：英文 Braille，即盲文的意思。）

我已经准备好了下一个问题，但这时她说：“现在，帕特里克·亨利，我们该开始今天的课程了。如果你感兴趣，我们可以在讲完课后，继续讲讲路易斯·布莱叶发明盲文的历史。”

妈妈说我每天回家都抱怨着：“内蒂小姐，那个老坏蛋。”这让我的父母感到奇怪，对上课的情况也有点紧张，于是他们去学校见她。他们互相介绍后，爸爸笑了，因为对他来说，她是位很好的女士。而更好的是，她总领先我一步，我在她面前无法施展任何转移注意力的牵制战术。我又被打败了。

我一开始用心，学习马上就进展得快了。另外，加上内蒂小姐用一种很灵活的教学方法使我的学习步入了正轨。我们开始使用卡片，有点儿像香味刮刮卡。她给我一张卡片，然后我用手指认读凸点，告诉她我读到的是什么。比如“红色”这个词，一种颜色，对我来说当然没有任何意义。但我可以刮开这张卡片，就会闻到一阵樱桃的香味。这让我感觉“红色”这个词跟某种真实的事物产生了关联，某种存在于我看不见的世界中，但确实是红色的东西。我们按照同样的方法学习“黄色”，闻上去像菠萝的味道；还有绿色，闻起来是薄荷味。我喜欢这个方法，总是玩不腻。

爸爸

面对帕特里克·亨利，只要能让他的生活更好，我和帕特里夏做什么都行。这包括我们尝试学习盲文。人们认为这很重要，同样地，如果家庭中有个失聪的孩子，家里人就应该要学习手语。有人告诉我们说，不能单独依赖学校的课程来教他，也不能只抱着他需要学的态度，和他一起在家里学习是同等重要的。还有像用盲文互相留便条这些实际的问题。我们了解得越多，就越觉得如果我们不学习盲文，就成了粗心大意的家长。

我们从芝加哥哈德利盲人学校的一些材料开始学起，学习ABC字母，即盲文一级基础。这对于他们都很难，但对我和帕特里夏来说更是难上加难，因为我们有视觉。我们得知，用眼睛阅读和用触觉阅读，是通过人脑的同一部分实现的，所以当你习惯于看着文字阅读，而要开始尝试只通过触摸来阅读时，你会犯糊涂。帕特里克·亨利没有这个问题，所以他比我们学得快得多。这个打击有点讽刺，因为我们本应该是一直给他提供帮助的人。

我和帕特里夏努力着，我们互相提醒，没有努力和毅力就干不成大事。于是，我们坚持不懈地学着，却被儿子越落越远，特别是他在启蒙班上跟内蒂·伍尔夫学到了很多之后。她是个很棒的老师，非常适合帕特里克·亨利。随着课程的进展，他学习进步很快，终于把我们俩落在迷茫的荒漠中。那时，我看不出还有什么理由让自己接着受折磨，于是我认输了。帕特里夏坚持的时间长一点，不过那时候什么事都是她比较能坚持。

帕特里克·亨利

相对于有视力的人来说，其他感官对我可能更重要。因为我这么小的年纪就能弹钢琴，而且对乐符和声调的听觉特别敏感，你会觉得是听觉告诉我这个世界是什么样子的。它对我来说至关重要，这是肯定的，但我的听力过于灵敏了，有时候都成了问题。

我有多喜欢音乐，就有多讨厌“生日快乐歌”。小时候，每次听到歌声结束后紧随而来的喧闹——所有的欢呼和喝彩声——我都会感到紧张害怕。我也讨厌生日聚会上拆礼物，因为每次拆下包装纸，所有人都会高兴地大声喊叫一阵子。我还记得一个托儿所老师过生日，她想尽各种办法，让我为她唱“生日快乐歌”，甚至她自己一遍又一遍地起着头儿，希望我能跟着一起唱。可我就是说什么也不唱。现在意识到我可能伤了她的心，真希望当时我唱了，唱完赶紧捂上耳朵。

甚至在我已经对歌声结束后爆发的喧嚣声有了心理准备之后，我还是讨厌它。后来我注意到在我弹奏钢琴或是演唱歌曲之后，人们也会欢呼喝彩，大声地喊叫。妈妈跟我解释说，这表示他们欣赏我的才华，通过这种喝彩和口哨声告诉我他们的赏识和赞许。刹那间，这完全变成了另外一种感觉，我开始喜欢它，而且想听到更多这样的声音。

听力对我很重要，但我觉得触觉作为信息的来源可能更重要。我能听见鸟叫声，但在手里抚摸它、感受它，告诉了我更多关于鸟的信息。我喜欢去宠物动物园，感受动物。那里有太多不同的羽毛、毛皮、兽毛，还有皮肤，每一种都有其独特的性质、特征和作用。

我小时候有一堆毛绒动物玩具，每天晚上上床睡觉都要带着它们。妈妈笑我对什么东西都这么有系统性，即便是在那么小的时候。她会把小动物一个一个地递给我，我抚摸着它，马上知道它是什么动物，然后抱抱它，把它放在身边，接着等下一个。每个小动物都有名字，爸爸妈妈让我上床睡觉后，我会跟它们玩儿，窃窃私语。我能这样玩上几个小时，可能直到凌晨三点。然后，第二天早上起床时，就会很疲倦。爸爸妈妈担心我什么地方不对劲，因为他们觉得我睡得挺早，应该有充足的睡眠。有一天晚上，他们守在我门外，看看能不能弄明白到底是怎么回事。果然，他们听见我跟毛绒玩具说话。后来，他们给我定了个规矩，晚上我要跟所有的玩具说："不玩游戏。"

触觉对我确实很重要，但当你看不见摸的是什么东西时，有时候就会有麻烦。有一次，我和妈妈坐在门前的台阶上。我喜欢等着救护车经过，听那种警报器的鸣音。在我坐的地方，下面就是院子；我悬着胳膊，以为草地上是片绒毛，就在上面晃来晃去。我琢磨着它是怎么到这儿来的。但事实上那并不是片绒毛，而是一只安静地落在那儿的大黄蜂，我的食指正摸着它。然后我又把拇指放在上面，想把它拿起来。大黄蜂不高兴了。我知道它发脾气了，因为我感到一种以前从没有过的剧痛。我叫起来——第一次被大黄蜂蜇到。妈妈赶紧帮我治疗。

我的嗅觉也帮了不少忙，特别是吃东西的时候。不过当妈妈做饭时，虽然我能闻出她做的是什么，但还是想通过触摸来感觉。我想感受炉子上煮的东西里冒出的蒸汽，一块生鸡肉或生牛排的质地，烹饪前冷藏蔬菜上的冰霜，烤曲奇时烤箱里的热气。

小时候，我总是喜欢问人们，能不能用手摸摸他们的脸。有一次，有位夫人在我们演出后走过来跟我们说话，我就问她可以让我摸摸她的脸吗。她说："好吧，不过你会弄得满手都是唇膏。"她不知道我其实只是想感觉她脸部的轮廓，充其量再摸摸她的眼睛。我喜欢和别人握手，感觉对方的皮肤，不论是年轻人光滑的手，还是年长者满是皱纹的手，不管这只手粗糙得像位户外工作者，还是柔软细腻得像一位会计师。当然，拥抱和脸颊上的亲吻是最好的感受。

在这本书中，我写了大量关于爸爸的内容，他的伟大，他为我作出了多少牺牲。我和爸爸是我们家最容易引起注意的两个人，在橄榄球场的仪仗乐队里，在全国各地的演出中，都是我们俩一块儿出现。但是，我的妈妈才是最值得称赞的人。她从第一天就开始为我忙碌着。我出生后，没有指导该怎么照顾我的手册。她不知道该从哪儿开始，于是就给所有她能想到的人打电话咨询，直到找着“视力障碍学前服务”。她说他们是上帝派来帮助她的，让她有信心，相信自己能够完成那些必须要做的事情。是妈妈找到那些给我治疗的专家，并确定他们是合适的人选。她想找到一个不仅擅长做手术，而且会跟她交流病情的好医生，能够告诉她，她需要了解的一切情况。这一路走来，不停地面对考验和失败，但妈妈确保我得到了所有的资源，能够帮助我最大程度地发挥我的能力。我对她感激不尽。

妈妈最让人感动的，还不只是她每天完成了多少事情，而是你永远都不知道是她做了这些事。我不愿意承认，但我和弟弟们确实把很多妈妈做的事看做理所当然了。如果房前有一大堆需要移走的碎砖块，妈妈会在深夜清理它们，没有人会知道她做了这件事，或是她收拾这些时有多困难。如果我和弟弟们需要做一项相同的工作，我们会很努力地完成它，但我们也希望妈妈每过一刻钟就出现一次，给我弄些曲奇和冰柠檬汁，然后一遍又一遍地告诉我们，我们做得真棒啊。

爸爸

本应该由帕特里夏来写故事的这一段，关于帕特里克·亨利小时候她所经历的一切。但如果是她写，这段会短得惊人，因为她不想让人感觉好像她在自己夸自己。她会略去所有的细节，让这一段看上去感觉她只做了一点。而事实上，她付出了太多。

帕特里夏研究了无数的问题，在连问题是什么都不知道的情况下，这比你想象的可能要困难得多，她从零开始，着手做这一切。那时候，没有“谷歌”这样的搜索工具，可以通过搜索成千上万的网页来查找信息，也没有参考手册指导你该如何继续。帕特里克·亨利刚出生时，帕特里夏整天都在打电话，查找着每一个有可能为当时遇到的问题提供帮助的人。当她回去工作时，仍然为儿子的情况投入了大量的精力；她会在上班的午饭时间和工作休息时打电话；回家后又接着回到电话旁。她不断地听着电话那头说，“请稍等”，“抱歉，我帮你转接其他部门”，“我不知道他们为什么建议你打到这个办公室来”，“不，我不知道谁能帮到你”。一个又一个死胡同，但她从没退缩或放弃过。

她为找到合适的大夫、手术医生、理疗师和各种咨询师铺平了道路，查对转诊，对任何事都不掉以轻心。她研究怎么获得资源，怎么学会那些辅助方法，还有我们应该使用的合适的策略；她深入地了解启蒙课程，排到了一个合意的托儿所。帕特里夏坚持我们不能放弃一条线索，要找到在印第安纳波利斯的那个修复义眼专家，尽管有可能到头来只是白忙活一场，更不用提从路易斯维尔单程就要开一百二十英里。她在我们学习盲文时不断地鼓劲，当我沮丧、崩溃时激励我。

从一开始，她认为头等大事就是如何培养和教育我们的儿子，让他在我们的社会中，能够最大可能地发挥他的能力。当然，她不知道该怎么办，也不知道他的潜力何在，更没有人能告诉他，因为帕特里克·亨利的情况太少见了。可是她坚信：“如果海伦·凯勒能够学习，那他也一定可以。”感谢上帝有“视力障碍学前服务”，它给了我们极大的帮助。这个组织给我们提供了很多信息，但最有帮助的是告诉我们，如何在家里教育帕特里克·亨利，来提高他对生活环境的敏感度，并让他的其他感官变得更灵敏，对他更有价值。那里的工作人员讲到，我们这些有视力的人甚至留意不到，匆匆一眼看过，能获得多少信息。因为我们都习惯把这些信息看做理所当然了，我们永远无法了解一个盲人缺失了多少信息。那是难以置信的。

举个简单的例子，比如说看他的妈妈准备晚餐。对于帕特里克·亨利来说，每一步都需要作详细的解释。“我们走进厨房。我打开冰箱的门。冰箱里的灯亮了，这样我就可以看到里面的东西。我伸手拿牛奶。我把纸盒拿到桌上，然后把牛奶倒进一个玻璃杯里。我转动煤气灶上的开关，打开煤气——小心，把手离得远点儿，因为点着的火会烧到我——在上面放一个平底锅，现在我把切好的肉块放进锅里。好的，现在肉开始吱吱地响……”等等等等。

就是在房间里走动也需要解释。“我正走进客厅。我打开屋顶的吊灯。我走在木地板上，现在我走上了地毯。”我们花了一段时间，才能够像这样，想到每一个动作环节，不落下任何对帕特里克·亨利来说很重要的关键点。有时候他会问一个问题，然后我们就意识到我们没有提供连接 A 和 B 的环节。因为我们从视觉上对它太熟悉了，所以就忽略了它。

那时帕特里夏带着沉重的负担，当面对别人不经思索的言语或者行为时，这负担就更重了。人们无心冒犯，但有人提起帕特里克·亨利，就说“那个残废的孩子”，还是深深地刺痛了我们。

或者，有时他们可怜地看着他，问道："他会笑吗？"当这个问题出现时，帕特里夏尽量礼貌地回应，但从她的声音中我能肯定她相当克制："他当然会笑！他是失明，不是麻痹！而且他是个很快乐的孩子，他想笑的时候就笑，就像所有的孩子一样。"

还有些好心人，他们永远不用处理我们遇到的问题。他们根本就不了解情况，不过仍然想给帕特里夏提供各方面的建议。她必须去应付那些居高临下的专家，他们似乎以为我们连常识都不懂，或者根本不会解决问题。作为一个家长，她接受了所有的告知，就像那些是信条一样。当然，不是所有的专家都这样，有些专家很有同情心，也非常出色。

我一直没注意到帕特里夏遭遇过多少次这种待遇，它们是怎么日积月累地充斥着她的心，直到有天晚上她打开了心扉。她哭了，于是我试着安慰她。然后不寻常的事情发生了，对她来说很不寻常。她爆发了。她深藏于心底的东西已经到了沸点，必须发泄出来了。"你知道吗？"她哭着说，"我很坚强！我面对着人们无法想象的挑战，应付着，解决着。也许我儿子不能像其他的孩子那样成长，也许他将来不能成为一个体育明星，或者一位杰出的颅脑外科专家。甚至不能像其他人一样，在社会上处于平均的中等水平。但我要告诉你……他会成为他能够成为的'一切'。"

我还记得，在她发泄之后，我那样凝视着她。她让我感到惊讶，而我喜欢这样的她。我知道她已经尽力了，已经做得很好了。但看到她这么坚强，我知道没有什么事能把我们其中任何一个人长期打倒。

我太太哪儿来的这么不可思议的力量？帕特里夏的外婆，

“阿妈”，仍然健在，八十四岁了，还是那么争强好胜，她是我太太重要的行为榜样。阿妈带大了七个孩子——四个女孩、三个男孩——而且基本全靠她自己。她在路易斯维尔市中心有个饭馆，离帕特里夏成长的地方不远。那时，这块地方不是什么好社区。阿妈招待那些城市里的酒鬼好多年。有时候，他们会付钱，不过通常都是喝免费酒。她会说，“他们还能去什么其他的地方吃饭吗？”阿妈有颗宽容的心，但她不是个容易被打倒的人。这些性格正是我在我太太身上看到的。

帕特里夏认为我们没空自怜。当生活把你打倒在地，你要自己爬起来，继续前进，因为没有人会为你做这些。她把这种态度传给了帕特里克·亨利，他做任何事时都表现出这种精神。

那时候，还有件事帮到了我们，就是我们意识到其他正常孩子的家长也有他们自己特有的问题和烦恼。他们担心着孩子在学校的学习情况，他们要上哪所大学，或者他们在运动场上的表现如何。对于我们来说，日渐清晰的是，我们有幸只需要把精力集中在最基本的人的要素上——爱我们的儿子，不用卷入那些很多家长都烦恼着的琐事中。另外，我们还能把帕特里克·亨利的每一个小进步都看成是上帝的另一个奇迹。

帕特里克·亨利

我感觉到妈妈不得不去应付那些不够友善的人。人们对我会有些主观臆断。我会听见他们当着我的面说一些事情，就好像我不在场，或是我听不懂他们说的人是我。现在这种情况还会发生，不过也没什么大不了的。记得有一次，我跟观众们讲完话后，唱了一首歌，掌声雷动，博得全场喝彩。这时，有个人走过来，就站在我前面，然后他问爸爸：“他多大了？”因为习惯了这种“礼遇”，我的父母已经可以比较妥善地应对了。他们简单地把话题一转，说道：“让我们问他吧。”

当然，我不知道，但是的确人们有时候会盯着我看，尽管爸爸或妈妈就站在我旁边。但也不是所有的这种遭遇都是讨厌的冒犯。小朋友们有时对我会有不一样的反应，而且有些很滑稽。有一天，我们去看一场球赛，有个小孩走过来，离我特别近；有一阵，我们几乎鼻子贴鼻子了。然后他向后退了一点儿，但仍然盯着我。爸爸忍不住了，正要说点儿什么，那个小孩不假思索地说：“他的头发怎么了？”我和爸爸都笑了。

有时候，会有这种经历，人们根本不知道该怎么应对我的残疾。我知道这个世界上万事都有规则，人们会照章办事，但我觉得有时，这种照章办事的情况有点儿太过了。我说过，我喜欢乘坐游乐园的那些惊险飞车项目，但是，这些项目要求你必须具备一定的身高。我做了背部手术之后，知道自己已经够乘坐那个项目的高度了，它要求至少四十八英寸高，而且，我还是跟爸爸一起乘坐。但当我和爸爸去排队坐过山车时，他们不让我们坐。于是爸爸直接带我到管理处的办公室，想解释一下我的情况，但是他们根本不知道该拿我怎么办。爸爸态度很坚决。“如果你不相信他够高，我们可以量一下。”他说。

测量我的身高并不是件容易的事。爸爸让我平躺在地上，尽量地把我的身体拉直。他们拿来个卷尺，从头顶到脚尖，我刚好四十八英寸。这样，他们才允许我上了过山车。

公平地说，我们也遇到了无数和蔼可亲的人，他们就像对其他的人一样对待我。令人欣慰的是，这样的人是大多数：路易斯维尔大学仪仗乐队主任，格雷格·拜恩博士；仪仗乐队的队员们；为我家重新装修的电视节目“改头换面：家庭版”的全体工作人员；邀请我们去演讲和表演的人们；我们出去购物时在商店里遇到的人们；音乐家、老师、医学专家，还有很多。这些人明白，我跟他们更多的是相同，而不是不同。我喜欢被接受，被当做一个有价值的人，而不是一个可怜的人。所以说，下次你见到一个你看着不同的人时，要反过来想想，寻找这个人所有和你相同的地方。

爸爸

在帕特里克·亨利刚出生的那几个月，我还没有完全领会，作为父母，我们要去面对的许多挑战。而帕特里夏，却是从一开始就知道我们处境的艰辛。她也知道很可能她要独自面对和解决这些问题，或者，最好能拽着我和她一起前进。

我们一适应了有帕特里克·亨利的日子，我很快就回到了自己原来的生活方式。我的生活态度是，一切都会很好，而且我在或不在都会很好。我一个礼拜打两天垒球，一个晚上打保龄，另一个晚上打篮球，每隔一个礼拜的星期五在外面住。这些是我安排好的活动。我还得有些空闲时间，去做那些一直想做的事。如果你粗略地计算一下，很容易就发现，除去工作和业余活动，我不常在家。但是要在家里照顾好一个像帕特里克·亨利这样的孩子，我怎么可能还这么无忧无虑呢？答案是，有帕特里夏。妈妈做着所有的事。除此之外，她还相信我会是一个好爸爸，一个在这方面确实很在意，尽管方式上还不太成熟的父亲。

让人宽慰的是，至少有时候我感觉还像个负责任的父亲。帕特里克·亨利还是个婴儿时，我最喜欢的就是抱着他躺在沙发上小睡。你总是想抱着他。我躺在沙发上，看着电视，两手抱着帕特里克·亨利，让他小脸儿朝下地躺在我胸前。这是我能想象到的对我来说最好的姿势了。每当这时，帕特里克·亨利没有失明或残疾，他只是躺在我胸前的我的儿子。

从大概两岁以后，每天我们把他从托儿所接回来，帕特里夏开始准备晚餐时，帕特里克·亨利会拿着他的玩具筐玩玩具。他每次拿出一个玩具，跟每个玩具都玩上几分钟，然后把它放在旁边。当玩具筐空了，他就把它顶在脑袋上，满屋子找起来。我们一起吃饭，然后他洗个澡，再玩一会儿，读会儿书，睡觉前听听录音带。他真的是个很棒的孩子。当然，当我对此发表评论时，帕特里夏会点点头，一副那样的表情，好像在说："跟你想的一样。"

我们知道有些父亲，看见孩子生下来有缺陷，就离开了他们的妻子。那些男人应付不了有个不完整的孩子，而且他们不想费力气抚养他。相对来说，由于我一直没有逃避或离开，你可以说我看上去不错了。当然，这是针对所有人的最低标准。回首往事，我顶多就是没有逃跑，对此，我无法感到丝毫的骄傲。

帕特里夏大多时候都会任我所想、如我所愿、由我来去自如，除了一次——克尔维特跑车。

那是1998年，我们已经有了三个小男孩，其中一个还戴着尿布，而帕特里克·亨利已经十岁了。但他每天的活动仍然需要大量的帮助，特别是在他的背部手术之后。可不知怎么地，我认定这是完成人生梦想的最好时机，买一辆1984款的克尔维特——唯一我能买得起的款式。事实上，我们还是支付不了——我用了第二次按揭抵押贷款，而且刷光了信用卡额度，才刚刚够。但一个跟我一块儿打高尔夫的老兄帮我打消了愧疚之感。他告诉我说，你就活这一辈子，所以你最好抓住能抓住的一切。

我的"维特"是C-4系列的第一款。永远不要买某个系列的第一款，因为会有太多的漏洞需要完善，而我的维特就一直出现问题。似乎伴随这辆漂亮的坐骑而来的，还不仅仅是购买价格和高得惊人的保险费率，还有让人难以置信的维修账单。有一次我不得不让一个朋友载我回家，因为我去外面赛车，把变速器开爆了。帕特里夏一句话也没说，但她的脸色告诉我，她在生气。

我一个礼拜的七天里得有六个晚上不在家。现在写这些让我感到很惭愧，但那时，当她提出需要帮忙，或是恳求我在家的时候多一些，我就扔给她一句："是你想要孩子，现在你有了，自己解决吧！"然后就开着我的克尔维特离开了。

尽管帕特里夏一直无私地奉献和努力着，可我的婚姻还是越来越糟，就快被毁了。我现在知道了，很多女人都愿意试着不断地解决事情，而很多男人当发觉事情有不好的迹象时，更愿意逃避离开。然后，等一切烟消云散了，男人才想回来。但是如果女人已经耗尽她的能力和毅力，无法再坚持下去，不得不退出了，那么事情就没有回转的余地了。她会离开，去追求应有的幸福。谢天谢地，帕特里夏还没迈出这一步。

饶有讽刺意味的是，尽管帕特里克·亨利需要帕特里夏付出太多，但我想也正是因为他，更多地把帕特里夏绑在了我们的婚姻上，让她能够坚持得长一些，而我才能这么幸运。帕特里克·亨利成了维系家庭稳定的一股力量。当她感到被打倒时，他给她力量，而在他身上，她看见了我的影子，尽管我自己并不知道。最终，她坚信，只要给予足够的时间，注入满满的爱，一切一定会浮出水面，渐渐地好起来。

最后，尽管我装着什么都看不见，尽量不面对现实，但还是慢慢意识到，我们需要一辆家用迷你客车。唯一能买得起的办法就是卖掉我的克尔维特。帕特里夏没说过一句话，但她所做的一切都在告诉我：要克尔维特，还是要家。

我记得那时候我又开始去教堂了，而且开始更多地祈祷上帝为我的生活指引方向。要注意你所祈祷的事，别祈祷那些没用的了，因为克尔维特时代注定要结束了。我卖掉了它，我们买了辆家用迷你小客车。那时，这真的打击了我的男子气概。但实际上，在我心底里，是为这一次而感到高兴的，因为我终于做了件正确的事。

我喜欢我所有的孩子。杰西是个很好的运动员，我喜欢去看他的比赛，看他出色的发挥。卡梅隆是个讨人喜欢的小孩。但我慢慢发现自己和帕特里克·亨利的关系越来越亲近。尽管他得完全依靠我们才能满足他基本的生活需要。但他给我一种感觉，生活远比我从钥匙孔里看到的世界要宽广、丰富得多。

家庭中爱的力量，让我慢慢地成熟起来。每迈出一步，过去的生活就像一幕幕的短片一样，一个又一个的噩梦，好像人们常说的，临终时你的一辈子就像电影似的在你面前走过。回想我自己过去是多么蠢，干了很多见不得人的蠢事。但还好，我很快就跟帕特里夏敞开了心扉，承认了那些错事。她没有怨恨我，反倒笑起来。而帕特里克·亨利，当然，他一直接受我，全心全意地爱我。

帕特里克·亨利

一想起我的家，我就想到四个主要的部分，每个部分都各有特点，与众不同。他们是爸爸（给予者）；我，帕特里克·亨利（音乐家）；杰西（杰出运动员）；卡梅隆（能说会道的喜剧演员）。但实际上，还有第五个要素，她不那么突出，也不经常被赞赏，但如果没有她，一切就会大相径庭。她就是把我们每个部分都联结在一起的纽带。这个纽带就是妈妈。

我爱我的妈妈，她在很多方面都令人不可思议。尽管我在台上爱表演，可实际上并不是那种喜欢流露感情的人。而且老实讲，我不敢确定地说，我知道她为我做的每一件事，但我知道大部分。也许等我们再大一点，我和弟弟们就能充分地表达我们有多么感激她。不过我相信，妈妈是最不在意这些的人。知道我们都过得很好，每天生活在一起，对她来说，才是最重要的。

成为一个让妈妈骄傲的你

帕特里克·亨利

妈妈做事情有很高的标准，她从不妥协，而且总是自己准备好了，自己愿意做之后，才会让别人做。她对我也是这样，尽管人们可能认为她肯定大大降低了原本对我的期望。哈哈！妈妈从没放我一马。从一开始，她对我的想法就是，“他会成为他能够成为的一切。”而她当然责无旁贷地要帮助我实现这个目标。

妈妈对我的期望，也是她对弟弟们的期望，我想这可能也是每个慈爱的母亲对他们孩子的期望。妈妈相信，如果你抱着一个积极的态度生活，真诚地付出努力，那么你做的事情自然就会成功，这就足够了。我花多长时间才能学会盲文，或者我学得有多好，都没有我努力的过程重要。同样，我的学业、我的音乐、我的恢复性锻炼，还有我掌握日常基本生活活动、让自己能够更独立地练习，都是这个道理。我从没感到有超出我能力范围的任何压力，但他们一直期望我要做到我能够做到的一切。

每天结束时，你能回顾这一天的生活之后对自己这样说吗？“今天，妈妈会为我感到骄傲，因为我尽了全力。”如果你能，你这一天就会过得很好。如果你每天都能这样做，你这一生就会过得很好。我就是个证明。

第五章
最值得崇拜的英雄，往往就在身边

所以，无论何事，

你们愿意人怎样待你们，

你们也要怎样待人。

——《马太福音》7：12

帕特里克·亨利

有时候通过电子邮件或是面对面的交谈，人们会跟我分享他们的生活，告诉我，我的例子是怎么在他们生活艰难的时候鼓励他们前进的。有些人告诉我，我是他们心目中的英雄。我经常不知道该怎么回应，因为我并不这么看自己，尽管别人这么看我，我也引以为荣。不过说真的，当我想到英雄，有一个人会浮现在我的脑海中：我的爸爸。

爸爸并不像大家通常认为的英雄那样，有着让人难以置信的丰功伟绩。他从没抓过罪犯，也没跑进失火的楼里救过火，或是挽救什么人的生命，没有在冠军锦标赛中投中制胜的压哨球，我也没听说他做过什么出名的大事。他晚上在 UPS 工作，赚不了太多的钱，只是一个典型的普普通通的上班族，高高的，瘦瘦的，还有点儿谢顶。

但是他每天做的要比那些都更伟大，也更困难。他不是大力士，也成不了橄榄球队中的前锋，但是爸爸具有真正的力量，因为他有勇气放下自己的生活，牺牲自己的一切，来让另一个人，也就是我，生活过得更好。这些天，他把自己所有的时间、精力和支持都给了这个家，不求任何回报。毫无疑问，这个世界上还有很多人和爸爸做着一样的事，默默地把自己拥有的一切奉献给别人。我很感激，爸爸是这些人中的一员。

我知道我的看法可能过于主观，因为我是他的儿子，但我很少见他觉得自己有功劳。如果他所做的一切在谈话过程中被提及，他会马上转到别的话题。如果一再追问，他就承认他帮助我完成了一些生活上的活动，为我做了一些事，但很快就指出任何家长都会这么做。我知道很多杰出的人，但我经常琢磨，他们是否能应付我父母做的这些事情，哪怕只一个礼拜。

爸爸不是那种传统意义上的特别虔诚地信奉宗教的人，不是那种边走边滔滔不绝地说着《圣经》的诗文的人。但是他一直教导我，要虔诚地信奉上帝。在生活中，当遇到困难时——比如手术后的慢慢恢复——我会从爸爸的信仰和力量中得到安慰，知道他就在身边，鼓励着我，也感受着我感受的一切，陪我一起打每一场仗。

我开始在路易斯维尔大学上学时，爸爸真的给了我不小的帮助。尽管学校的残障资源中心可以帮助我，提供一个助手，推我去上课，并协助完成我需要帮助的其他一些事情，可爸爸担心这样并不足够。于是他在学校登记，成为我在校园里的腿和眼。爸爸是对的。我现在上三年级了，如果没有爸爸，我不知道自己能不能念到这一步。那肯定会变得特别不同，而且肯定没现在这么有意思。

下面是我们典型的一天：

上午 8：50

爸爸的一天从早上的这一刻准时开始。这看上去还不赖，但在你决定愿意和他换换位置之前，先看看接下来这一天是怎么进行的。他尽量睡到时间允许的最后一分钟。然后时间一到，他立刻从床上跳起来，来到我和钢琴旁边，这是第一件事。他知道我已经弹一会儿了，因为妈妈上班早，她走之前，给我做好早餐，推我到钢琴旁边，让我在上学前能有充分的时间练习。弹完钢琴，爸爸推我回房间换衣服。我们收拾好书包，准备出门。

上午 9：45

爸爸拿着杯咖啡，我们出发了。第一个挑战是把我放进车里。我们没有液压电梯，所以爸爸只能把我推上拉门，然后抱我到坐椅上。随着我的个头越来越大，对于爸爸来说，我越来越沉，也越来越难抱。但是他从没说过什么，像“儿子，你得少吃点儿巧克力曲奇了”之类的，他从没抱怨过。我挪动身体，坐舒服了，系上安全带。他把我的轮椅推到车的另一边，放在原本另一个坐椅的位置上。我的轮椅不能折叠，它是为我专门设计的，比一般的轮椅更结实，受冲撞能力更强，而且座位下面还有个坚固的行李架，放着我的书和小号。

大学的第一学期，我从周一到周五，每天都有课，第一堂课早上11点开始。从我家到学校开车其实只要二十分钟，但我们一般最晚10：15就出发了，因为不知道会不会堵车，也不知道在哪儿能找到停车位，停车的地方离学校有多远。我们车上粘着残疾人的标签，但是停车场本来也没有太多给残疾人停车的位子，而且有些人不注意，就把车停在有残疾人标志的位置上了。总之，不管是什么情况吧，如果校园内有停车位，那真好，我们这一早上就会轻松点儿；如果没有，我们就得跟着那些赶着上课的人们，来来回回绕着圈子找车位。如果我们只找到一个非残疾人的普通停车位，爸爸就得在把车停进去之前，先把我放下来，因为普通停车位停进车后，边上就没有空间放下我的轮椅了。可这样经常会影响交通。下雨的日子就更糟了，就算带着伞，我和我的轮椅也很快就湿透了。

上午11：00—下午4：30

爸爸送我去上第一堂课，然后坐在我旁边。听课时，我用盲文打字机记笔记。它跟一个笔记本电脑差不多，只不过是盲文键盘。我能打得挺快，跟上其他人的进度。不过开始时，它对其他的同学有点干扰，因为我一使劲敲键盘，就会制造些噪音。我喜欢爸爸在我旁边，帮我解释着班上发生了些什么事情——比如教授贴了张图表，正在屏幕上作一个演示，或是给我们发讲义。爸爸还会告诉我是不是有什么有意思的事情发生，别人都在笑什么。

我的主修专业是西班牙语，没有辅修别的。我每学期选四门课，这是全日制学生的基本要求，也是我和爸爸在这样的生活安排中最多能承受的课程量。我喜欢上西班牙语课，讨论西班牙的文化、艺术和文学，做语言翻译，当然还有学会流利地讲西班牙语。我每学期选两门西班牙语课，刚上二年级时，我已经能跟着高年级和研究生班上课了。除了西班牙语课，我还喜欢神学课——我最喜欢上“基督教思想和文化概论”。其他一些人文学科的课程，像历史什么的，也不错，但不是我最喜欢的。虽然我不愿意承认，但我的确一点也不喜欢化学或是物理，也不怎么在乎英语课。当我大一考完这些课，知道再也不用学它们了，我觉得轻松多了。

数学课对我来说挺特别，我把它叫做痛苦的折磨。我考试能得 A，因为我能记住那些代数公式，集中精力，就能解答那些问题。但是我不知道学这些到底有什么用。尽管数学课上讲的是些实际的问题，教学生怎么计算储蓄账户的复利、按揭利率、应付款等等，但我仍然没什么兴趣。我这样抱怨时，爸爸实际上也同意我的想法。“那些是当会计要学的。”他说。

我知道当教授讲得很好、话题很有意思时，爸爸挺喜欢和我一起上课。爸爸甚至喜欢我的西班牙语课，尝试跟着一块儿学习西班牙语。不过像我一样，有些课他没什么兴趣。如果这节课很长，我就肯定不让他跟我一起上了，这时他可以回到车里或是去学生休息室打个盹儿。

第一节课后，我们会去吃点东西。如果时间够，就去校园里的几个餐厅；要没时间，爸爸会从自动售货机里买点小食品，或者他从家里带些三明治，然后我们就去上下面的课了。

下午 4：30—6：30

一天的课程结束后，我们要去校园另一头的仪仗乐队练习场。爸爸这时要头脑特别清醒，全神贯注地推我走完所有队形，不能撞到其他的队员。在练习过程中，爸爸一个人要应付所有的事。乐队里就他一个人需要推着笨重的轮椅，再加上我这样一个大小伙子（加在一起得有二百磅），同时还得一边看着乐队指挥，一边留意其他队员的队形。有时候，我们要排练一个新的队形，或是快到比赛日了，练习的过程就会持续很长时间。到最后，我感觉还好——我所要做的就是坐着吹小号，但我知道爸爸已经筋疲力尽了。

晚上 7：00—8：00

我们回到家，放好东西，洗漱干净，都饿坏了，好在有妈妈给我们煮好吃的。

晚上 8：00—10：00

该做作业了。教材出版社有特别的软件，可以让我把教科书内容转到电脑里，通过听来学习，跟有声读物差不多。但总是开学三个礼拜后，我们才能拿到这个东西，因为学校书店得联系出版社，告诉他们正确的书号，核实已经被购买，并有这种特殊需求。每个学期，我们都尝试能不能简化这个过程，早点儿拿到软件，但没成功过。于是，开学的头三个礼拜，只能让爸爸给我读书。我知道他已经很累了，还要再加上这么个工作，坐在那儿大声地读两个钟头的教科书。还好，我还有自己记的盲文笔记可以读，如果我累了，就让机器放给我听。不过我更喜欢自己读，因为有时候机器会读错，而且听一段时间后，机器的声调让人感到厌烦。

写作业的时候，我通过在课堂上听，知道作业是什么。通常爸爸还会给我读一下课上发的讲义。然后我就可以自己完成了，除非还需要找资料。爸爸会带我去图书馆，我们告诉图书管理员需要什么书。或者，如果需要的话，爸爸会帮我从教科书上找些资料。准备期末作业时，我有两种选择。一是可以像其他人一样，用电脑打出来，然后通过声音转换软件的朗读，来判断对错，作修改。或者，我的盲文打字机可以把我输入的内容，转换成正常的电脑文件，然后打印出来就可以了。

爸爸在 UPS 工作的领导们都是大好人。有几次，他要帮我做很多事情，我才能完成作业，他不得不打电话请假。真的没有别的办法，因为尽管有时候妈妈可以帮帮我，但她也很忙，接送我的两个弟弟，忙自己一天的工作，做饭，还有所有的家务。

晚上 10：00—10：30

我做完作业后，爸爸可以稍微歇一会儿了，他看会儿电视新闻，同时尽可能多地回复一些电子邮件和信件。我的父母对回信很认真。他们把这些信件看做人们花了时间写下的宝贵的个人观点，他们觉得收到这些信很荣幸，所以尽量每封都回复。有时候，像做了《奥普拉访谈》的电视节目，或是“改头换面：家庭版”播出后，我们会收到很多电子邮件，爸爸刚回完一封，就又收到四封。我知道要想回复完这些邮件，他得花上几个月的时间。

晚上 10：30—凌晨 4：00

爸爸从晚上 11：00 开始要上班，于是，在我们都上床睡觉时，他又拿起一杯咖啡，出门了。他的工作是“收入和回收审计”。爸爸说这名字对于他的实际工作来说太花哨了——站在传送带上，检查比较大的包裹。如果遇见没按规定包装的，他就把它扯开，进行扫描。这样 UPS 就知道这个包裹包装不规范，没按照他们要求的那样，包成正方或长方形。他忙起来时挺喜欢这份工作，通常他也会很忙，因为这样能让他保持清醒。

在做这个工作之前，他是开拖车的，拉着一辆四层的小货车——那种你在机场见到的把行李运上飞机的货车。他喜欢开拖车，但是这个工作一个星期要工作三十个小时，而当我开始上学后，他必须减少工作量，每周工作二十个小时，所以他进行了内部调动，干起了现在这份检查、扫描的工作。

他在 UPS 的工作并不那么诱人，跟他自己年轻时想的也不一样。但是爸爸喜欢凡事看好的一面。他说："如果我没做这个工作，就不能陪你做这么多事了，帕特里克。"我知道他是说真的，但是当他每天凌晨四点回到家，知道自己在闹铃响起之前只有四个半小时可以睡觉，我肯定他没觉得他的工作有多好。

周末时，爸爸能多睡一点儿。当然，除了我们被邀请到镇外演出时，而现在这种情况经常有。如果是这样，他就要比平时起得更早，收拾好行李，放在车上，然后我们一起出发，有时候要开好几个钟头才能到。有可能是去一个郊外的小教堂，也可能是大城市的社交活动。不管是二十几人还是两千多人，我们都感到很荣幸。

也许我不该承认，但有时候，我做什么都行，就是不想学习。太晚了，我累了，我想听会儿音乐或是"看"个电视节目。还有时候，上完课，我真的不想去仪仗乐队练习了。如果我都有这种感觉，就能想象到爸爸的感受了，和我做着一样的事，外加推着我一整天，更别提晚上还要工作，只能睡那么一会儿觉。但他从没跟我抱怨过。想着爸爸做的一切，让我能够很快重新面对现实，以正确的心态不断前进。

在他为我做着这一切的同时，还确保我的弟弟们能公平地分享他的时间。他有时间时，会带他们去打高尔夫，他会去参加他们的橄榄球或棒球比赛，如果卡梅隆或是杰西有要求家长参加的学校活动，爸爸也会去。有一个月，我和爸爸经常出去，他觉得总是把卡梅隆一个人丢下很不好（杰西现在已经够开车的年龄了，一般都自己照顾自己）。于是在一个周末时，爸爸收拾好行李，开车带卡梅隆去佛罗里达，就他们两个人，逃走放个小假。

爸爸能做到这一切真是个奇迹，这又一次告诉了我，如果他能抽出时间做好这一切，我也可以。

爸爸

我儿子把我看成个英雄，这让我很兴奋。有多少父亲能和自己的儿子有这样的关系？但是，真的，和那些疼爱自己的儿子、想给他最好生活的家长比起来，我也说不上是什么英雄。当然，我必须要调整自己的生活方式，以适应儿子的特殊需求，但我相信每一个父亲，如果需要的话，他们都会这么做。事实上，我只是一个普通的人，有幸拥有了一个不普通的儿子。

帕特里克·亨利才是我们家真正的英雄。有太多的原因这样说了，很难讲从哪儿说起。或许最好的说明，正是从“家”开始的。

帕特里克·亨利喜欢说：“没什么大不了的！”但如果你跟着他，一天下来，亲眼看到他生活的真面目，你就会知道他面临的挑战是残酷无情的，而且就在他面前，永远存在。所以，和他说的正相反，他经历的每一天都是大事，都充满着困难。尽管我每天都看到这些困难，和它们生活在一起，我仍然感叹他是个奇迹，不仅仅为他做的事，更为他惊人的处世态度。

我从没见过帕特里克·亨利屈服于生活，或是对自己感到遗憾。他的忍耐就像圣徒约伯（《圣经》中的人物）一样。常常，他得等着别人来推他，或是帮他做自己做不了的事，这样的事情能列出一个长长的单子。他就那样安静地坐着，知道最终肯定有人来帮忙。好几次，我没意识到他需要帮助，他就得等很长时间，但他一点儿也不烦。不管什么情况，他总是微笑着，感激着。我真希望自己能有他一半的耐心就好了。

今年，通过“改头换面：家庭版”节目，我们有了一个全新的家；此前，在原来的房子里，“行走”对于帕特里克·亨利来说，非常困难。我们原来的房子又小又挤，门框和过道都很狭窄，根本不适合轮椅的移动。下面就是帕特里克·亨利将近二十年来的每一个早晨。

他睡醒后，可以自己下床，坐到轮椅上。完成这一过程需要几个步骤的努力：在床上，他把轮椅冲着自己拉过来，将轮子固定住。下一步，他翻个身，用肚皮顶着床，趴在那儿，背朝轮椅，脚在最前面。他的腿从床边上耷拉下来，把脚放在轮椅的脚凳上，现在他需要用力地推动他的上身——让自己有一个向后弹的力量，这样就能够到座位的边上。再下一步，他抓住扶手，用胳膊支撑身体的重量，让他能够向后挪动，整个坐进轮椅里。经过这么多年，他已经练得很熟，能以惊人的速度完成这个过程。

不过，一旦坐到轮椅上，他就干不了什么了。虽然我们的房子只有一层楼，但是没有任何残疾人的便利设施。因此，对于帕特里克·亨利来说，要想自己坐着轮椅来回行走，在可行的时间内到一个比较远的地方是极为困难的。所以，每天早上，帕特里夏会推他到洗手间洗漱，然后到厨房吃点东西，接着就推他到钢琴旁边。他总是渴望赶紧到钢琴旁边练习。

帕特里夏把帕特里克·亨利推到活动室的钢琴旁边之后，她就得送杰西和卡梅隆去学校了。我还在睡觉，应该是，在漫长的一天开始之前尽量多睡上几分钟。这就意味着如果帕特里克·亨利需要回他自己房间，或是去别的什么地方，就得靠自己了。如果事情很紧急，当然，他可以把我叫起来。可是他知道一点点的睡眠对我来说是多么重要，所以他很少这么做。这些时候，他会很棒——就连要去洗手间，他都尽量忍着，不提前把我叫醒。当我终于出现在钢琴旁边时，他的反应会让你觉得他根本就没在等待。

如果帕特里克·亨利想自己从活动室到他的卧室或是洗手间，这就是他要面对的情况：因为他不能完全伸展开胳膊，所以就不能两只手臂同时推动轮子。他只能先向一侧微倾身体，推动一只轮子，轮椅会斜着向前移动三四英寸，然后他再把身体倾向另一侧，推动另一只轮子，这样曲曲折折地前进，撞到墙或是家具，他可以判断出自己在房间的什么位置。以这样的方式前进，几步的距离也要花上好几分钟。

当他到餐厅时，会碰到地毯，如果车轮的方向没控制好，地毯会被撮起来，他就被挡在门外了。如果顺利地走上地毯，有时不经意丢在那儿的鞋子、枕头或是玩具也会成为他难以通过的路障。由于他的后背有钢条，帕特里克·亨利不能向前弯身把东西挪走。如果真的有东西需要被移开的话，他要先把轮子固定，爬下来，挪走障碍物，再爬回去，但这样得费好大劲儿。当你想着这一路上还有什么东西在等着他，那场面就好像他总是得停下来，跟原地没动也差不多。

遇到障碍时，为什么不转身回去呢？很遗憾，在这么狭窄的空间里，转弯基本上是不可能的。他陷入了无人地带，离开了他的钢琴，但离目的地还很远。我知道这让他很烦，但他会叫我吗？不会。他会让我睡觉。当我晚会儿到那儿时，可能会说：“让只鞋给耽误啦？”然后他会笑着说：“是啊，那只倒霉的鞋，又偷走了我的时间！”没什么大不了的。

如果帕特里克·亨利能成功地走上地毯，顺利地走出家具的迷宫，又绕开了地上乱七八糟的东西，最坏的情况才刚刚出现。他必须得越过从活动室到厨房的上坡。他没那么大力气坐着轮椅从斜坡上越过去，于是他从椅子上滑下来，转个身，面朝轮椅，趴在地上，小心地让轮椅不离开胳膊能够着的范围，然后他慢慢地倒着往坡上爬，同时用手拽着轮椅。事实上，他也不是真正地爬，因为他的臀部和腿部没有这种功能，所以他只能通过肚皮着地，一点一点地往前蹭。最后，到了厨房里，他再从地上爬回轮椅上，简直是筋疲力尽。

回到轮椅上后，他开始往卧室或是洗手间方向走了，但也没那么容易。我们原来那房子，过道的地板向一头倾斜。对一般人来说没问题，但帕特里克·亨利的轮椅就会随着重力作用往下滑，如果不给点儿劲控制着，就撞到墙上了，所以他通过这段过道时，会特别费力。接下来，他会遇到一个很窄的门框，他还是得先推动一只轮子，撞到一边的门框上，然后再推动另一只，这样曲折地往前走，直到通过这道门。

设想一下，你坐在钢琴旁边，想去洗手间，或是想拿杯水，穿上运动衣，接电话，或是其他什么我们经常要做到的事情，你可以很容易就满足了自己的需要，然后再回到钢琴旁边，一共也花不了几分钟。但当帕特里克·亨利要做同样的事情时——大概三十五英尺的距离——他得花上足足半个钟头，才刚刚能到那个地方。到了洗手间后，他还得使出浑身力气，让自己从轮椅移动到坐便器上，然后再回到轮椅上，来到水盆旁边，拧开水龙头，够着香皂，洗手，再移动轮椅，去拿毛巾。

但是面对着这么多的困难，他跟你我对这些日常生活的感觉一样，没有过多的想法。“这很正常，生活就是这样啊。”他耸耸肩。

我们现在住进了“改头换面”后的新家，它具备残疾人居住的便利性，适合帕特里克·亨利轮椅的行动，让他的生活在很多方面都轻松了许多。尽管如此，很多日常活动仍然是困难的，但我的儿子表现出了相当的勇气，如果你没亲眼看见简直无法相信。我有幸陪着他走过生活的每一步。老实说，是帕特里克·亨利这种“没什么大不了”的态度教给我应该如何生活，比以前所有的老师和导师教的东西加在一起还要多。

帕特里克·亨利

爸爸说了很多关于我在原来的房子里活动起来有多困难，他对我的不放弃感到多么骄傲。唉，我得承认，有一阵儿，我真的放弃了。但最后，我意识到，是我的努力还不够，你必须要真正地付出全部的能力。

几个月来，我想方设法要通过旧房子里的那个上坡。我用肚皮着地，有了点儿进展。接下来，要不就是我没抓住轮椅，它滑回去了，要不就是我一点儿也爬不动了。过了一阵子，我说服自己——我就是不能越过它，不管用什么办法。但我不想让爸爸妈妈知道我这么想，于是我让他们感觉我仍然在尝试，然后做到一半就停下来。其实，我只是在做那些动作。

后来爸爸妈妈在我卧室里装了数字电视套装，出现了很多新的电视频道。我喜欢从头到尾按这些频道，然后发现有一个频道早晨播我特别喜欢的游戏节目。突然，有个强大的动力，让我想在爸爸起床前就回到卧室。真是奇迹啊，当我知道那个节目正在等着我时，我竟然第一次成功地爬过了那个上坡。这件事教育了我。从那以后，不论什么时候，如果我觉得自己困在原地，无法前行了，我就问自己，我是否真的拼尽全力了。

有些人可能认为，因为我肢体残疾，很多事情都做不了，那我一定是个乖孩子，从不调皮捣蛋。但是，我有我的方式。

我小时候，有时会睡不着觉。于是我就躺在床上，哭着喊着要再听一段录音。像很多小孩儿一样，要是达不到目的，就继续哭闹，但是妈妈不吃这一套。她会通过说话的声调告诉你，你正在挑战她的极限。

有天晚上，她实在拿我没办法了，就给爷爷打了电话，把他叫起来，让他告诉我，赶紧睡觉。我肯定照办了。如果爷爷告诉你做什么，你就得做什么。

我是个冒险家，总是探求着自己能力的极限。有一天，洗澡时，妈妈离开了一会儿，于是我决定做个试验，我爬到浴盆的边儿上，只用一只手扶着，身体悬在上面。我一直做得挺好，直到碰到一个滑溜溜的地方。我摔了下来。妈妈赶紧跑进来，看见我在地上，摔破了头。我从没看见过她任何表情，但我能听得出来。爸爸说那能把你立刻冻在原地。我相信那天妈妈肯定是这副表情。

她从没说过，但我想妈妈喜欢我抓住机会去尝试，尽管我知道她不希望我经常摔破头。我记得弟弟杰西蹒跚学步时，我喜欢坐在客厅的咖啡桌上，两只脚从桌边上耷拉下来。杰西爬过来，抓着咖啡桌，让自己站起来。他站起来，又倒下，来来回回好几次，好像自己很有本事。然后他往后一跃，屁股坐在地上，拼命地笑着。妈妈告诉我他为什么笑，听上去挺有趣，于是我也在咖啡桌上“蹦”了几次，然后身体向后倾，结果重重地摔在了地上。头上又多了些冰袋，但这样也没能阻止我。后来，知道我会继续模仿杰西跳来跳去的样子，妈妈把靠垫从沙发上拿下来，围着咖啡桌铺了一地，让我能够“软着陆”。

我和杰西年纪相差不多，他就比我小两岁半。所以一直以来，我们俩经常一块儿玩。去游泳时，我们在水里打闹，想把对方按进水里。我们喜欢在水里玩捉迷藏，比如玩“马可·波罗”游戏，我在水里行动自如，所以能跟上他。杰西会到我的卧室来，看我躺在床上，他就跳到我身上，像职业摔跤那样压住我。

我就反击，摆脱他。我们经常互相戏弄，叫绰号，不过这些都是闹着玩。

杰西爱上了体育。我不去看他的棒球比赛，因为觉得没意思。他对听我的音乐会也有同感。但是我对音乐的兴趣和他对体育的热爱会出现交点，那就是，在路易斯维尔蝙蝠队的棒球比赛、德比经典篮球赛或是路易斯维尔火队橄榄球竞技赛开场前，我唱国歌时，杰西肯定在场。

我弟弟卡梅隆比我小七岁。他喜欢弹吉他，但他对音乐的爱好——七十年代的摇滚——跟我很不一样。跟很多年纪差得比较大的兄弟一样，我们互相关爱，有需要时互相帮助，而其他的时候，我们大多各做各的。我想等他再长大一些，我们会更亲近，而且可能会发现更多的共同点，特别是在音乐方面。

爸爸

我和帕特里夏都希望帕特里克·亨利尽可能地跟其他的男孩子一样，勇敢、无畏，因为生活需要这样。但我太太花了一段时间才能让自己完全适应这个想法，因为虽然她希望他能抓住机会去尝试，但却不想让他品尝随之而来的伤痛。

有些孩子天生就比其他人爱冒险。我们担心由于他的身体缺陷，帕特里克·亨利会事事都过于小心，甚至缩手缩脚，不敢做事。我们是杞人忧天了。我儿子比我小时候都还要勇敢。他从容地面对伤痛，一点儿也不在乎，有时候真让人感到惊讶。我过去常叫他“天美时”先生——他就像时钟的指针一样，舔舔伤口，继续嘀嗒前行。

他的有些跌倒显得特别可爱。三岁左右时，他有个毛病，总是问些想让我们问他的问题。比如，他会说：“你想吃点儿冰淇淋吗？”或是，因为他喜欢去看医生，他就问：“你想去看医生吗？”有一天，帕特里夏正给杰西拍家庭录像，杰西那时候还是个小婴儿，而帕特里克·亨利在画面的背景里，做着自己的事——倒挂在沙发上。那时候我们已经习惯了他这样，不太注意了。然后他说：“你被卡住了吗？”显然他又动不了了。帕特里夏接着拍录像，把镜头转向他。

“你被卡住了吗？”他又问了一遍，看着好像就要摔下来了。帕特里夏朝他走过去，想把他弄起来。他离地面就几英寸了，她还没来得及扶住他，他就“咣当”一声，脑袋磕在地上，然后摔在一边。当听见他说“你从沙发上摔下来了”，我们都笑了起来。当然，帕特里克·亨利没事，但这告诉他——他要勇于抓住各种机会去尝试，但也必须明白，当尝试的时候，就会出现各种结果。

如果不写写家里其他的英雄，我就太疏忽了，是他们让生活变得更有价值。帕特里夏，你知道的，她是个默默无闻的英雄。她在帮助帕特里克·亨利的生活稳步前行方面起到了很大的作用，同时，还一手撑着这个家。我忽略了家庭对我的需要时，她默默地做着这些。以前她一直这样做着，现在一如既往。她是孩子们永远的母亲，也是丈夫永远的完美搭档。

很典型的年龄接近的一对兄弟，杰西和帕特里克·亨利的竞争意识很强，不过是以他们自己独特的方式。杰西会经常去他哥哥的卧室，好让他知道，他有个讨厌的弟弟，喜欢成天烦着他。如果帕特里克·亨利产生了自大的情绪，觉得自己很了不起，杰西就是最好的解药。杰西经常被当成例子，告诉他的哥哥，世界不是光围着他转，来对抗一下现在帕特里克·亨利在公众中引起的注意力，让他能保持一颗平常心。

像很多兄弟一样，杰西和帕特里克·亨利也经常你一言我一语地看谁说得过谁，看谁能占上风，不过杰西不会步步紧逼。他有颗宽厚的心，但尽量不让别人看出来，我保证他不想这件事尽人皆知——特别是不想让他哥哥知道。事实上，当杰西帮助帕特里克·亨利做完一件需要完成的事情时，他会很快就说“别以为我是因为爱你才这么做的”之类的话。而实际上，他做这些正是因为爱他。我注意到，如果我因为别的事情走神了，或是有其他的事情要做，杰西就觉得他哥哥很脆弱，容易受伤，他会站到他旁边，成为他的保护神。这场面让人看了很感动。

杰西对这个家的贡献，远比他自己认为的要大得多。他在很多方面都能自己照顾自己，是个有道德的诚实孩子，自觉地完成作业，帮家里做家务，等等等等。所有这些都是好的品质，但比这些更重要的，是他对家庭生活的态度。他明白我们得为他的哥哥、陪着他的哥哥做很多事情——这些事情会占去和他在一起的时间——而他宽容地接受了这些。

我从没见过杰西对帕特里克·亨利有一丁点的妒忌。而且，我很高兴地说，他们俩都是如此。杰西是个优秀的运动员。他打少年联赛时，是个超级明星，投出好球让对方无法得分，出色的本垒打，不计其数。我喜欢这些，你知道，我一想起孩子，就会幻想着这些画面。但是杰西喜欢低调，不想成为聚光灯的焦点。这点他随妈妈。帕特里克·亨利注意到，当杰西把球击出公园，或是其他的体育项目取得了一些成绩时，我会感到极大的骄傲和自豪。但他没事，也觉得这样很好。我猜你会说，我的这两个儿子，让我和他们的妈妈尽情地按我们的想法做事情，只要我们认为这样做是对的、是好的，而不用担心他们的感受。

卡梅隆，我们的小儿子，在很多方面更像我。他喜欢众人关注的目光，并擅长捕捉这种关注。他具有职业脱口秀谐星那种把握时机的感觉。当处境尴尬或是被问到什么荒谬的问题时，他的反应总是能好得出人意料。有一回，在路易斯维尔一次公开活动之后，卡梅隆跟我和帕特里克·亨利一起站在那儿。人们正在问我们一些问题，有位女士问卡梅隆："知道你有位兄弟变得这么出名是什么感觉？"卡梅隆眼睛都没眨一下，就转向帕特里克·亨利，一只手放在他肩膀上，笑着问他："是啊，我得问问你，这种感觉怎么样？"

像杰西一样，卡梅隆大部分时间自己做自己的事。也跟杰西和我们其他人一样，他愿意扮演家庭贡献者的角色，经常比他的实际年龄显得更成熟。尽管他是小儿子，通常应该想要索取，而不是给予，可他却总是为家人付出。我也是我家里的小儿子，可在这方面，他跟我不一样，我真有幸可以这么说。

在休斯这个大家庭中，充满了英雄，而且各有所长，都为这个家的和睦贡献了重要的力量。

帕特里克·亨利有种不寻常的力量，能够让人们成为他们想要成为也需要成为的样子。不是通过直接的命令或指导，而是一种不知不觉的推动——真是神奇。最好的两个例子就是我和我的父亲——帕特里克·亨利的爷爷。

我是家里五个孩子中最小的，尽管我已经觉得父亲是个非常严厉的人，但我的哥哥姐姐们告诉我，我还没见识过他的厉害。他们跟我说，到我出生时，他已经圆熟多了，不过我觉得这可不敢担保，他没准儿立刻就让你见识见识。我邀请朋友们到家里玩儿时，他们总是先问问我父亲在不在家。如果在，他们就想找别的地方了。你总是在毫无暗示的情况下，不知道什么时候就犯了错误。我父亲上夜班，白天睡觉。所以最坏的情况可能就是我们弄出了什么动静或是摔了东西，把他吵醒了。我父亲在家时，我们几个孩子简直如履薄冰。

我七岁时就开始喜欢音乐，而且梦想着有一天能成名，为成千上万给我喝彩的追捧者演奏。我太热爱音乐了，所以高中毕业后，就进入路易斯维尔大学主修音乐专业。有些修音乐的学生将来想做些实际的工作，比如教书。而我侧重于表演，想成为小提琴家或是钢琴家，也许是个很受欢迎的音乐家，或者是市管弦乐队成员。我已经在几年前否定了要加入美国职业棒球大联盟的梦想，因为那时我意识到自己无法击中弧线球。

我学习一直很认真，直到从家里搬出来，有了自己的房间，从那一刻起，一切开始滑坡。在那之前，我父亲养着我，所以我只能听他的。可一旦我自己搬出来，那就完全是另一片天地了。我用在学习上的时间大大减少，取而代之的是大量的朋友聚会和喝酒。一切从此开始走了下坡路，过了一阵子，我退学了。

父亲对我没能完成大学学业感到非常失望，不过那时候，他总是因为这个或那个原因对我感到失望。这回，是因为我浪费了自己的潜力。在高中，我试音后，赢得了两个大学的奖学金，路易斯维尔大学和辛辛那提大学，两个奖学金都是音乐学院小提琴专业的。我父亲特别重视教育。他年轻时，特别想上大学。放学和周末就去打工赚钱。他把赚到的钱给他妈妈，让她帮着存起来，将来他用来上学。可等他高中毕业后，才发现钱都花光了，没有能给他上学的了。这一定狠狠地刺痛了他。

我一个朋友大学毕业后，我父亲跟他的父亲一块儿聊天。我在旁边偷听。当说到毕业这个话题时，我爸爸说："老兄，你一定为他感到骄傲吧，不是吗？"那时我也渴望听到爸爸对我说些这样的话。我们这些孩子都害怕父亲，但我哥哥，乔，过去常常跟他激烈地争吵。其实他们俩很像，连长相都像。我父亲和乔的头发都是又粗又黑，而我们其他人都是白肤金发。乔是个滋事鬼，父亲一直想要驯服他，却没能成功。

有天晚上，乔去跟朋友聚会，玩到很晚。他正开车回家，这时一个醉酒的司机发现他在高速路上开错了方向，乔尽力躲开他，但一边是大卡车，另一边是护栏，正把他夹在中间，那个醉酒的司机冲他一头扎过来，他当场死亡。乔才二十八岁，我那时二十一岁。父亲很少说起这件事，但我感觉从那以后，他每天都在重温和乔的争吵，那些回忆吞噬了他的心。

我和父亲性格迥异，但随着时间的流逝，我们有了一种共同的看法，那就是我们现在的生活并不是我们想要的，我们要做些改变。但问题是，我们都迷失了方向，不知道怎么才能让生活改变。这时我有了儿子和他毫无偏见的完整的爱。当你知道自己的生活走错了路，你也会知道在很多方面，你就不那么讨人喜欢了。于是你的脸皮变得厚起来，保护着你免受那些意料之中的攻击。你会猜想别人怎么看你，然后找个借口自我安慰。我和父亲在这方面都很擅长。

帕特里克·亨利让我们知道，我们不需要这种伪装。他的天真无邪让我们卸下了防护的外衣；他以一种我们从未感受过的纯真的爱来接受我们的本来面目。当体会这种感觉时，你感到可以开始重塑自己了，因为你终于不用把所有的精力都放在保护自己上面了。

我改变了很多，而父亲的改变远胜于我。

帕特里克·亨利出生后，当帕特里夏要回去工作时，我们遇到了一个问题。她给我家附近的托儿所打了很多电话，可他们都没兴趣接收一个盲童。还好，我母亲替我们解了难，帮忙照顾帕特里克·亨利。没过多久，父亲说，他打算从通用电气退休，帮着照看孙子。我看着他和我妈妈为帕特里克·亨利花费了大量的时间和精力，唱儿歌，给他读书，带着他散步，吃冰淇淋。他们把他喂大，给他戴上支撑架，又帮他脱下来，拉伸他的四肢，为他按摩关节。帕特里克·亨利在这么小的时候，能有这样的安排和照顾，要比上任何托儿所都强百倍。这也是对我父亲最好的考验。

我们都知道，孙辈总是能给祖父母辈的人带来最好的生活。但帕特里克·亨利不仅如此，还让我的父亲流露出他不为人知的一面。他不再是我小时候认识的那个厉害的大人，而变成了一个有爱心的、可爱的棉花糖。这一切简直太美好了，尽管是苦乐参半。我父亲去年过世了，我想他肯定希望让他性格的这一面早点出现，只不过他不知道该怎么把它挖掘出来。

我第一次听到我父亲说“我爱你”，就是对帕特里克·亨利说的。

帕特里克·亨利

爷爷读过很多书，总是对历史很感兴趣，特别是关于战争、将军和著名战役的故事。他有很多书，客厅整个儿被书架包围着，才能让这些书都有安身之所。在他生活的晚年，老年痴呆症的一些早期症状开始出现了。现在回想，爸爸觉得最早的迹象就是爷爷停止了阅读。当奶奶问他怎么不读书了，他说他厌倦了总是重复地读同一页。

当爷爷出现比较严重的老年痴呆症状时，他必须搬到疗养院去住了。我每天都想去看他，真的很想他。随着病情的恶化，他得有一会儿才能认出我来，我们才能像原来那样说话。但直到最后阶段之前，他总是能认出我，然后我们就像过去那样聊天。不过奇怪的是，好多次，他不认识爸爸。他管爸爸叫“就那个人”，那个带孙子来探望他的人。

最后，爷爷也把我当成陌生人了。这真让人感到痛苦。但我知道这不是他的错，我还是总想回去看他，再试着让他认认。人们觉得我太难过了——没办法。他们不知道爷爷生病前是什么样子，现在又是什么样子。如果他们知道，就不仅仅意识到他经历了多少，而更多想到的是他失去了多少。我仍然记得我们在一起的所有的美好。而他却不再记得那些美妙的生活瞬间，这让我感到心碎。

当你和某个人的关系像我和爷爷这么亲近时，你永远不想让他离开，不论什么情况。不过爷爷去世后，我知道他幸福地回到上帝身边去了。他不再是孤单一个人，又能知道我们有多爱他了。

最值得崇拜的英雄，往往就在身边

帕特里克·亨利

真正的英雄不会那么容易被发现。如果遇到大灾难，我们当中，有很多人可能会挺身而出，他们便成为了英雄。或者，我们把一些演员和运动员看做偶像，因为他们在舞台或竞技场上有出色的表现。但我相信，最伟大的英雄作为不一定是众人瞩目的。正相反，他们是渺小的——用一份爱心解决着我们每天面对的挑战。

我们容易忽视身边的人，或是把他们的无私奉献看做理所当然。其实，我们要感谢这些生活中真正的英雄，他们默默无闻，不求回报。对于我来说，他们是我的家人，特别是我的爸爸，放下自己的理想抱负，跟着他人的日程安排，急他人所需，忘自身所求，放弃自己的睡眠，为别人付出这一切，而且日日如此——这就是英雄所为。爸爸的行为激励着我，我要成为我能够成为的一切。

你有没有还未发觉的英雄？为什么不现在就向对你生活起着重要作用的人说声感谢呢？毕竟，如果没有这个英雄，你的生活将会是什么样子？

你是某个人的英雄吗？这其实并不需要太多的条件。可以是一位老师，正谆谆教诲一个困惑的学生；或者是一位医生，下班后仍陪着一个害怕的病人。永远不要低估关爱和同情心的重要性，也不要小瞧了一个很小的善意行为，它会给一个人的生活带来很大的改变，这力量远比你想象的要大得多。

成为他人的英雄，是要付出的，不过别以为这只是一条单行道。你为别人付出，将来在你的生活道路上会有回报。

第六章
设定好路线，然后烧掉地图

不可偏离左右，

你无论往哪里去，都可以顺利。

——《约书亚记》1：7

帕特里克·亨利

尽管有时候很沮丧，但我总是抱着这样的态度：只要我一心想做，尽力付出，坚持努力，不放弃，任何事都能做成。

小时候，有一次我大声地这样说。一个小朋友过来跟我说："哦，是吗？如果你一心想做，就什么事都能做成？那你怎么不能走路，或是看见东西呢？"

我想了一下，问他："如果你一心想做，什么事都能做到吗？"

"当然。"他说。

"那你怎么不能飞，或是像超人那样穿越墙壁呢？"

他不知道该怎么回答了。

我是有我的局限。其实，每个人都有，但重要的是弄明白你真正的局限是什么。怎么才能知道呢？只有不断地尝试去接近它、超越它。我的父母教育我，要敢于尝试我原本认为不可能的事情。你虽然够不着星星，但会知道自己能离它们多近。而你一旦知道了这一点，就不会允许自己退而求其次了。

小时候，我有个目标，而要想实现这个目标，我必须先成为仪仗乐队的成员。当你冷静下来，仔细想想，这听上去简直是最愚蠢的主意。我是个盲人，还不能行走，也不能像别人那样正常地运用双臂。所以，我怎么在仪仗乐队中行进？下面我就说说这件事是怎么做成的。

我去了阿瑟顿中学上高中，想选修管乐队课。但有个问题，要具备选这门课的资格，必须得是校仪仗乐队成员。不是每个人都想进仪仗乐队，因为会很累。对于我来说，困难显而易见。乐队主任的解决办法是，我可以成为乐队的一员，但不完全参与各种活动。当乐队操练时，由于我坐着轮椅，又看不见其他人的队形，我就不和其他队员一起上训练场了。于是，我就坐在边线附近，到我应该吹小号的时候就吹小号。

本来，我特想打架子鼓。我喜欢敲鼓发出的声音，那种振动和深邃浑厚的音色。但有些问题我无法克服：我不能踩踏板来打低音鼓，还有脚踏铜钹；也无法那么快地移动身体连续地敲击所有的鼓。所以我不得不接受这个现实，我注定成不了鼓手。

小号是我的第二选择。我的胳膊和手可以拿住小号，并按下活塞阀，没什么问题。跟其他乐器一样，吹小号也有一个学习曲线，需要练习怎么用正确的指法吹对音。不过由于我有很多弹钢琴的基础，小号学起来就很快，乐队主任总是夸我悟性高。

起初，在掌握好呼吸方式上有一点儿困难，因为我不能站起来。你需要深呼吸，才能让小号发出最漂亮的声音。不过，我学会了如何解决呼吸上的问题。于是，对我来说唯一的难题就是吹奏像南方爵士乐这种曲子时，吹奏者要把手放在小号的喇叭口上来改变音调，而我的胳膊不能伸展，所以够不到那个地方。

橄榄球比赛时，我坐在仪仗乐队中，直到中场该表演时，爸爸把我推到中场附近的界限边上。如果有人由于扭伤了脚踝或是受了其他什么伤而行走不便，不能参加表演时，他/她就会在我旁边。定音鼓也在那个地方，这让我很高兴，因为我不是一个人孤单地留在荒岛上。

其实我不是特别想加入仪仗乐队，但要想达到目标，就必须得这么做，所以我愿意接受这一切。从好的方面想，我还不用参加其他队员一直抱怨的艰苦的赛季前训练。在这些训练中，你要学习如何快速地变换队形。听其他队员说，这些训练的艰苦程度不亚于任何体育项目的训练，就是跟橄榄球比，也不相上下，特别是在晚夏时节，天气湿热。而我大部分时间都是回家，开着空调，练习演奏。

随着赛季中参与的活动逐渐增多，我很高兴可以和同学们一起做些重要的事，尽管我的参与和别人还是有所不同。我想让他们知道，我只是和他们一样的人，不想让任何人为我感到遗憾或抱歉。但同时我也深知，我并不真正是他们当中的一员，一个完全的乐队成员。我也在运动场上，但我是“特殊的”，我不想让大家这样看我。

高中毕业后，我决定上路易斯维尔大学。我想加入学校的活力乐队，觉得成为他们中的一员是件特别棒的事。当然了，爸爸也想让我参加，因为这样就能去所有的主场篮球赛。由于路易斯维尔大学在篮球方面有着辉煌的历史，主场票总是很快就卖光了。如果你很幸运有张票，就能和一万九千多个疯狂的球迷一起为比赛加油助威。可如果你是活力乐队的成员，就能保证每场比赛，都有你的位子。如果球队打得好，你还可能去全美大学生篮球联赛的决赛圈比赛，甚至到最后的四强赛。我并不是个篮球迷(对我来说，看比赛时，要跟上它的节奏很困难)，不过爸爸是。所以，为了他，我很想加入这个乐队。

高中毕业班时，路易斯维尔大学乐队主任格雷格·拜恩博士到我们学校招收新队员，我想当时我可能听得不够仔细。因为精力都集中在活力乐队的细节上，所以忽略了他讲的关于仪仗乐队的内容，特别是“义务”这部分。

我告诉爸爸，格雷格·拜恩博士来我们学校招人了，爸爸问我，是不是也必须是仪仗乐队成员，才能加入活力乐队，就像高中时那样。我不确定了，于是爸爸就给他打电话，问清楚。拜恩博士还记得我。他告诉爸爸，我必须首先成为仪仗乐队的队员，然后才有资格加入活力乐队。爸爸说可以，然后跟拜恩博士解释了我在高中时的解决办法——不参加乐队操练，比赛时，坐在边线附近——拜恩博士是这么想的吗？

不是。拜恩博士告诉爸爸，我不能只成为一个名义上的队员。

听着爸爸打电话，他的声音说明，他开始激动起来。他忍了半天，还是不假思索地喊起来："你这个白痴，你看不见他是个盲人，还坐着轮椅吗？"我坐在那儿想，参加乐队？开玩笑吧？拜恩博士一点儿也不妥协。

"坐在旁边，你一点儿也不知道坐过山车是什么感觉。"拜恩博士说，"你必须坐在上面，才能体会。"他告诉爸爸，他会想一切办法让它实现，包括安排一个人在乐队行进时推着我。

爸爸打完电话，我们谈论着拜恩博士的想法。我的心情很复杂。一方面，我有机会真正地成为一名仪仗乐队队员。但另一方面，我坐在轮椅上，一共得有两百磅重，推我的人每秒钟都得全神贯注，否则后果不堪设想。我估计爸爸也在琢磨这些，我猜对了。

爸爸没有采纳让别人推着我参加乐队表演的建议，因为他觉得有太多的地方会出现问题。这时他决定看看还有没有什么其他的办法。他打算给院长或是学校管理部门的其他人打电话——甚至打给校长——让我跳过仪仗乐队这一环。妈妈现在笑着说，那简直是棋逢对手——爸爸遇上了搬不动的顽石，拜恩博士。

爸爸

说这场谈话让我心烦意乱，都算是轻描淡写了。在帕特里克·亨利的生活中，似乎我们遇到的每一个人，都对他的遭遇和抗争深表同情，人们总是愿意伸出援助之手，尽可能地包容我们，适应我们的需要。这是我第一次遇到一个莫名其妙地想给我们设个路障的人。

跟拜恩博士通完电话后，我冷静下来，也没做给院长打个电话之类的傻事。我越琢磨，越觉得这件事最终能找到解决的办法，平息下来。一向都是这样。

帕特里克·亨利进入了路易斯维尔大学，我带他去注册。我们先去见了现代语言系的指导教授，因为帕特里克·亨利要学西班牙语专业。之后，我们就去找拜恩博士。在去的路上，我对这次面对面的交锋做好了准备。我要解决这个问题，让我的儿子加入活力乐队，对仪仗乐队方面做些可行的安排。我告诉自己，不要提高音量，但我能保证的，也仅此而已。

拜恩博士坐在办公桌前，穿着衬衫，系着领带，手里拿着笔，看上去很有学者风范。“请进。”他招手示意。

我感到很惊讶。我们见面了，但没有不愉快的对峙。相反，拜恩博士的真诚打动了我。他是这样的一个人：愿意尽其所能，让他的学生有最好的经历和体验。拜恩博士流利地解释了他的“融合教育”哲理——怎么和上百个乐队队员相互协调，每个人都作为一个集体的个体来表演，错综复杂的协调性操作是一种重要的经验，可以沿用到生活的其他方面。我应该相信他，他准备好要履行诺言，并为任何一个学生的任何一种需要都做好了安排，让整个事情能够顺利地进行。这也包括我的儿子。

拜恩博士再一次提出表演时找个人来推着帕特里克·亨利，我礼貌地拒绝了这个提议。

“我觉得这样不行，”我摇着头说，“如果他们滑倒了，或是撞到了别人怎么办？要是不多加小心，他可能会摔下来受伤。”如果什么地方出了错，我儿子就会在五万球迷面前丢脸。我不能把他托付给一个陌生人。

拜恩博士坐在那儿，看了看我。“当然，我理解你的顾虑，”他说，“如果帕特里克·亨利是我的儿子，我也会跟你想的一样。”

然后他笑了：“你呢？你怎么样？”

好吧，我想这家伙太有诚意了。可我觉得，到了我这个年龄，已经不需要练习和别人融合了，特别是在操场上进行几个小时的乐队训练。我没有那么多的时间。而帕特里克·亨利呢？权衡利弊，我怀疑用我们两个人这么多的努力来换取他这样的经历和体验，到底值不值得。可我又太想让儿子加入活力乐队了，于是这件事让我进退两难。

最终，我对这件事的态度似乎打消了所有其他的念头，包括给校长打电话，抗议之类的，因为我喜欢拜恩博士，所以不想这么做。于是，我就假装妥协了。

“好吧，”我说，“我们试试，看看怎么样。”练习的第一天，我们去了训练场。其实，我心里是希望看看我们能否最终扭转局势。我推着他走一会儿，因为拜恩博士看上去很有人道主义精神，或许当他看见，这对我们来说是种什么负担，他就会作出让步，给我们张通行证。我们的出现和真诚的努力，可能足以触动他的心弦。

帕特里克·亨利

我们早晨不到八点就到了学校乐队训练场。这时已经有点热了，湿度也很大，很快就会蒸气腾腾。我们下了车，爸爸说，看见入口处停着电视台的转播车。典型的赛季前报道，我们这么想着。这几年，所有跟路易斯维尔大学橄榄球队相关的事，都成了镇上的大新闻，就连乐队也不例外。爸爸把我抱到轮椅上，我们一起走向训练场。

爸爸

我们走进训练场，新闻报道人员正在那儿来回转悠，等着有什么事发生。我注意到，我们经过时，他们活跃起来。帕特里克·亨利在路易斯维尔已经小有名气。他加入路易斯维尔大学仪仗乐队的消息已经传出去了吗？我没回头看他们，暗自祈祷，希望他们快点儿离开。

帕特里克·亨利在小号队伍中有一个位置。我突兀地站在儿子轮椅的后面，和两百多个还不到我年龄一半的学生站在一起，觉得自己很显眼。小号队伍又被分为三个组，每组八人。每组都有一个组长，一个高年级的学生，帮助组织协调，行进中发出指令。

我们从基本指令学起。“一，二，预备，走！”这样默数四下后，向前行进。然后走到一个地方——停——再这样数四下，前进十六步。再停住，又这样数四下，向后退十六步。老队员已经知道该怎么做。我们这些新队员很难跟上，而我就是最差的一个。

推着轮椅听从指令是种挑战，但仪仗乐队训练场地更是让这件事变得困难百倍。训练场地面坑洼不平，不像橄榄球场有平整的草皮。排水系统很糟糕，有些地方泥泞不堪，深深地凹下去，还有积水，正是养蚊子的好地方。尽管到这儿还不到一天，但我觉得作为一个大东联盟重点大学校乐队的训练场，应该有更好的训练设施。

就算是普通地面，我推着轮椅进行操练也很困难，这么差的地面情况简直让我寸步难行。轮椅的前轮是两个小轮子，适合平实的硬路面，像混凝土或是沥青铺筑的路面。草地，特别是泥地，根本就走不了。我每次往前推的时候，前轮根本就不动。这让我脱离了行进的队伍，更引人注意了。过了一会儿，我发现如果我想往前推，得让帕特里克·亨利向后倚，然后用下压的力量，让前轮离地，只通过后轮转动让轮椅前进。向后退反倒没有这么多问题，因为两个后轮比较大，能走得很快。

这时，我就想着，只要不给其他的队员带来过多的麻烦，或是打断了别人的行进，这样过完这一天，就算不错了。我一直担心我没及时停住，撞到前面的队员，或是转弯不够快，后面的人撞上来。

几个小时过去了，我越来越沮丧。幸亏，我每礼拜有几天慢跑，经常打打高尔夫，身材保持得还不错。但是让轮椅前轮翘起来，推上一整天，是种极不平常的锻炼，这让我后背的下部很难受，现在已经开始疼起来了。到了下午，场地的情况变得更糟，有些地方推着轮椅根本就过不去。我只能推着帕特里克·亨利快速地跑到场边，绕开那块地方，然后再跑回到行进的队伍中，继续前进。

最要命的就是晒。我给帕特里克·亨利戴了个大遮阳帽，还给他脸上抹了防晒霜。他穿着长裤长褂，可以保护他的胳膊和腿，但这样肯定让他觉得火烧火燎。我穿着高尔夫球衫和短裤，脸上也抹了点儿防晒霜。我们一停下来，我就赶紧站在他前面，背朝着太阳，给他挡着点儿阳光。这对他有点儿帮助，可我还是被晒着。一天下来，我的胳膊、脖子，还有膝盖的后面都被晒伤了。

乐队训练从早上八点开始，一直到晚上八点，简直是筋疲力尽。我决定第二天就跟校长预约见面。拜恩博士是个好人，我不想给他找麻烦，但这也太荒唐了。我喘了口气，看看周围，还好，至少电视台的人已经走了。

训练终于结束了，我们拖着疲惫的身体回到车上。帕特里克·亨利还跟平时一样，看起来精神不错，一点儿也不憔悴。我已经累坏了，想起晚上十一点还得工作，更觉得疲惫不堪。

我们回到家，换衣服洗漱。从没感觉洗凉水澡这么舒服，特别是水冲在我晒伤的腿上。帕特里夏已经做好了饭，白天因为热得难受，没怎么吃东西，这会儿我狼吞虎咽地吃起来。吃饭时，帕特里夏试着安慰我。看着我被晒伤的皮肤和弯腰驼背的憔悴相，她可能都担心这样下去得要了我的命。

吃完晚饭，我跟平时去上班前一样，打开电视，看看新闻。

我简直不敢相信自己的眼睛。

头条新闻是我在训练场上推着帕特里克·亨利的镜头，说为了让儿子能得到这样的机会，我的这种付出是多么伟大。当地其他新闻频道的头条也播着我们的故事。我惊愕了。我成了被交口称赞的人。这样一来，我只能继续参加乐队接下来九天的训练了。

紧接着，这就成了板上钉钉的事实，因为大量的电子邮件和电话接踵而至，都是夸我对儿子无私的奉献和爱心。可我想的，只是明天怎么在泥泞的场地上推着帕特里克·亨利，还得跟蚊子作战，然后又被晒伤得更厉害。更要命的是，在这份“荣幸”之前，UPS 的夜班还等着我呢。我痛苦地呻吟着：“为什么是我啊，老天爷？”

帕特里克·亨利

在这件事上，爸爸特别发扬风格。我之前甚至都不知道他被严重地晒伤了。那时，他真的没跟我抱怨过，他身体上有什么不舒服，或是他有多讨厌乐队的训练。他只是那样坚持着，继续着，不管出现什么情况。

人们常常想知道，一开始乐队的队员对我们作何感想。我担心他们会觉得我们是个麻烦。可以这么看，比如我是个吹长号的队员，离那个疯狂的家伙和他坐着轮椅的儿子很近，那么我最好走快点儿，免得他撞到我，再把我的腿给撞折了。或者，我们也许会在中场来个连环相撞，大家就会像多米诺骨牌一样，一个接着一个地摔倒。

但事实上，其他队员觉得我们在那儿简直再好不过了。爸爸觉得他们立刻就接受了我们，他对这种事情总是很敏感，特别是与我有关的时候。在乐队训练的早期，我们需要学习一些新曲子。大多时候，我们都是从热门电影里选一个主题曲，作为乐队行进的曲子，比如《超人总动员》。拜恩博士知道我是通过听力来学习演奏，于是他像亨达小姐一样，把一些曲子为我录下来，寄到我家里。这样我就可以提前熟悉曲目。

我们第一次在室内训练，是因为一场突如其来的暴雨。我面前立着一个乐谱架，上面放着演奏曲目的乐谱。演奏时，我周围的一些队员明显地注意到，我不翻乐谱。可能他们以为，由于我胳膊有问题，够不着乐谱架。于是他们伸过手来，帮我翻页。我一直都不知道，直到后来爸爸告诉我。这简直太温馨了，让我觉得自己很受欢迎。我甚至没意识到这个问题，不过其他队员开始一定不知道我是个盲人。我猜我的眼睛看上去一定特逼真。

演奏中，有些时候被大家称为“无声预备”。就是说，一切演奏都停下来，指挥给一个手势，所有的演奏者拿起乐器，做好预备演奏的姿势。问题是，我看不见这个手势。为了帮助我，队员们决定给我一个小小的口头提示，像一种减弱的声音，告诉我指挥在做这个手势了。这不太符合乐队的演奏礼仪，但对我很管用，我特别感激。当拜恩博士看到这个提示时，他叫它“上帝瞬间”。这一路走来，有很多这样的事情。

爸爸

我们第二天又接着去参加训练了，还是跟第一天的情况差不多——泥泞的场地，蚊虫叮咬，闷热的天气。但是由于我已经有了一定的心理准备，一切反倒没显得那么糟。为了帕特里克·亨利，我面带笑容，说这样没什么。我会说："谁知道呢，我敢说一定会喜从中来。"就像我喜欢跟儿子们说，当你遇到一大堆马粪，附近就一定会有只小马驹。希望总是蕴藏在绝境之中。可问题是，我使劲找了半天，也没看见小马驹。

随着训练的进行，我能够比较好地推着帕特里克·亨利前进了，除非是刚下过大雨，整个训练场都湿漉漉的。轮椅的小前轮仍然是个问题，但至少我已经大体上知道我们会在训练场的什么位置上，前进的路线方向，还有我应该怎么走到那个地方。跟着前面的人会有些帮助（尽管只限于你们的路径分开之前）。我得一直提高警惕。说实在的，我现在都害怕将来哪天我们中场表演时，犯个愚蠢而危险的错误，比如，我没推好，让儿子从轮椅上摔到地上，或是走错了队形，不得不跑到队伍外面，我知道这样我们就不只搞砸了整个表演，还会像半夜的霓虹灯一样戳在那儿。我自己能应付，但不想让儿子也身陷其中。

我平时会修理点东西，于是决定改造一下轮椅的前轮。要想下一周能坚持训练，我必须得对它动动手脚了。小前轮很容易转动，也就是说，当它们撞到不平的地面时，它们就会斜着转向侧面。所以，你前进时，得先往后拉一下，让小前轮变直。于是就总是前进一步、退两步。我马上就知道这样不行，所以才让帕特里克·亨利向后倚在轮椅上，让前轮抬起来。但这样又太累人了，我这个年纪，身体很快就得垮。

我在轮椅前面将就安上了个直轴——一根长长的螺纹钢棍，然后从帕特里克·亨利原来的Radio Flyer红色童车上卸下来两个大一点儿的轮子，安在上面。这样就达到了两个目的：一是前轮就不会左右转动了，二是轮椅的前部抬高了几英寸。但我很快就意识到，这样是有代价的。因为新安上的大轮子不能左右转动，转弯就特别困难。这样一来，我必须每次训练前安上这个直轴，训练完再把它卸下来，好适应现实生活情况。我改造的方法，得用四十分钟才能完成安装、拆卸。终于，上帝又派来了一个天使，帮我化解了难题。

我最好的朋友迈克尔·朗德尔认识一个机械专家，叫戴夫·福斯。他叫这个朋友来帮我看看有什么办法可以改造一下这个轮椅。他来到我家，看着我鲁比·戈德堡式的安装，笑了起来。他说：“我帮你扔掉些东西就好了。”果然如此。

他指出怎么让大轮子能够独立地三百六十度转向，其实就跟原来的小轮原理一样，然后把它们安装到位，避免撞到脚凳上。另外，他还修改了安装方式，移动一个螺栓，五分钟就能完成拆卸，还不会像原来那样弄得满手油污。安好后，我们在后院试了试，特别好用。

尽管修好了轮椅，一个礼拜训练下来，我已经体力透支了。不是因为训练场上的努力，而是缺少睡眠。我每天晚上要是能睡四个半到五个小时就还行。可这些日子，我睡得比平时少得多，因为我们早上八点之前就要到训练场。我决定跟拜恩博士谈谈，他完全看到了我们的状况。事实上，他盼着我早点儿去找他。他对我第一个星期遭受了这么多的折磨感到很遗憾。他同意免掉我们早上的训练部分。但我们仍然还有八个小时的训练，在每天最热的时候。

帕特里克·亨利

乐队训练一直到年度的第一场橄榄球比赛。这是一场大赛，因为我们对阵州内对手——肯塔基大学队——将会有大量的观众关注。爸爸对表演中可能出现的错误忧心忡忡。跟着两百多个学生往各个方向快速移动，出现错误的可能性极高。听他说话的声音，我就知道他有多紧张，特别是知道中场表演时镜头还会对准我们。我跟他保证，我们会一切顺利，但爸爸担心由于这是我们第一次参加比赛的表演，他会因为过度紧张而犯下什么愚蠢的错误，比如撞到别人或是把我摔下来。

比赛前，乐队绕着赛场外围进行了一场传统的鼓乐队游行，向追随的球迷们致意。当鼓手们开始前进时，那种气氛简直太棒了。我兴奋得直起鸡皮疙瘩，爸爸说他起得比我还厉害。那一刻，能和我一起在场，他感到无比骄傲，不再觉得自己是高速公路中间的一个深坑了。

“乐队队员都准确地知道该怎么走，”他提醒我，“我们要做的就是准备好前进，然后跟对人。幸运的是，我们走的是最简单的队形，所以会顺利的。”后来，随着赛季的进行，我们又学了更为复杂的队形。

我只点着头："没错，爸爸，我们会顺利的。"

当然，面对我们第一次的中场表演，爸爸有些惊慌失措。训练时，他记住了其他所有人的位置，并作为我们行进路线的参考点。扎克，高高的个子，留着胡子，会在左边；乔尔，矮矮的、胖胖的，长头发，会在右边，等等等等。他们这些熟悉的面孔和身影，就像我们的指南针。爸爸没想到的是，到正式的比赛表演时，每个人都穿着统一的服装，戴着相同的礼帽。更糟糕的是，我们戴上帽子之后，爸爸只能看见脸的下半部分，大概也就四英寸左右，根本不能快速地认出是哪个人。再加上校乐队规定不能留胡子，所以所有的男生都刮掉了胡须。看上去就好像每个人都伪装起来一样。

拜恩博士按照电影《角斗士》的音乐编好了队形和变换方式，有些地方复杂多变。在某个地方，乐队要分成两个方阵，然后像两军对垒一样，面对面地前进。在中间相遇后，就快速地融合成一个方阵，然后又很快转换成一颗钻石的形状，之后再变成另一个队形。爸爸必须推着我转一个小圈儿，然后快速地往相反的方向前进。如果他耽误了时间，哪怕只是几秒钟，就会有一个长号队员站到他正站着的位置上，这样他们就会撞上。

开始没多久，爸爸就差点掉了队，还好另一个小号队员帮忙，指给爸爸他应该站的位置。其他的队员似乎也知道爸爸有麻烦了，也一直帮忙。与此同时，我要做的就是吹小号，感觉特棒。

幸亏还有一个备用方案。拜恩博士在第一次跟爸爸谈话后，就想到了这种情况。初夏，他开始为中场表演编队形时，就一直想着我们可能出现的困难。他意识到用《角斗士》的音乐编排队形，有些变换对于爸爸来说，要想这么快地作出反应是很困难的。拜恩博士担心这样的负担太重了，特别是赛季才刚刚开始。要想完成这些变换，需要拜恩博士说的那种“肌肉记忆”——你的肢体可以不通过大脑的支配，就自动知道要干什么。根本没时间想，完全靠自然的反应前进。想到这里，拜恩博士为我和爸爸设计了一个逃脱计划，以应不时之需。他把我们放在队伍中的一个特殊位置上，在紧急时刻，可以巧妙地暂时脱离队形，然后在很短的时间内再插进来，没有人能看得出来。简直太棒了，他甚至在我们还没正式成为乐队队员的时候，就这么为我们着想，真是个好人！我们那时候都对这样的安排感到惊讶，我们的主任很自信，这个安排是一剂良方。

在接受采访时，问到我们参加乐队和乐队训练时的经历，爸爸喜欢说，“有点像赛前集训，不过很有意思。”而我听爸爸跟他朋友说的，却是另一个故事。他说，乐队的训练更像是传奇教练保罗·布莱恩特带领下的橄榄球集训。布莱恩特教练在得克萨斯农机大学执教时，他的队员们，被称为“尊克逊男孩”，训练时，都快被得克萨斯盛夏的酷热折磨死了，他就是想看看究竟谁真正想留下来打球。训练十分残酷，很多队员都忍受不了艰苦的训练，跑掉了。但正是坚持下来的那些队员，赢得了比赛。我想我们的经历有点类似，或者，我应该说，是爸爸的经历有点类似。但是当我们站在体育场上，演奏着《我的故乡肯塔基》时，我们知道，跟肯塔基大学那场比赛上的每一分钟都是值得的。

我参加路易斯维尔大学仪仗乐队的消息一经传开，公众就开始广泛地关注起来，2006年成了不可思议的一年。我和爸爸从没想过我们会吸引这么多的注意力，但事实的确如此。有一天，爸爸接到一个电话，我们惊讶地得知，我竟然获得了迪斯尼体育精神奖。这个奖项每年评选一次，颁发给最具影响力的大学橄榄球队或是其中的队员。我们甚至都不知道我被提名了。颁奖典礼定于12月7号在迪斯尼世界举行。我都迫不及待了。

“这不仅仅是一个体育的奖项，也不仅仅是乐队成员的奖项，”爸爸跟我说，“它更意味着为人处世的态度，还有乐于助人的意愿和勇气。”我喜欢这个含义，它让这个奖对我来说更有意义。当爸爸告诉我，以前的一些获奖者时，我大为吃惊，能和他们一样获得这个奖，我感到十分荣幸。

以往获奖者中有一个高中生，他为了给病重的祖母捐肾，而不得不放弃了打橄榄球。哇！真是让人敬佩！他是1996年第一个获得该奖项的人。另一个获奖者，一个青年，他的右腿被截肢了，可还是想办法坚持打球。他得具备多大的勇气，才能尝试打橄榄球呢！还有2002年的获奖者，跟我一样，也来自路易斯维尔大学。迪威恩·怀特，失去了双亲，独自在大火中存活下来，带着严重的烧伤，成为了路易斯维尔校队的明星球员，后来成为全美橄榄球大联盟的职业球员。

颁奖典礼太精彩了。他们播放着我在ESPN的资料片，我和爸爸在后台等候。一阵掌声后，凯伦·温斯洛先生，曾经优秀的职业橄榄球球员，上台来介绍我们。他是迪斯尼世界体育运动部门的主任，这个部门常年举办大量的各式各样的体育活动。

作为一个非运动员候选人，事实上我并不符合这个奖项的评选标准。但是温斯洛先生告诉观众，我是球场上的主角，尽管我永远看不到比赛。他说我和其他运动员一样努力地参与比赛，自豪地穿着制服——路易斯维尔大学仪仗乐队的表演制服。他说能为我颁这个奖，他感到特别骄傲，因为我是第一个赢得精神奖的非橄榄球员候选人。这时，爸爸推着我走上台，又是一阵雷鸣般的掌声。

那天让我感到特别高兴的是拜恩博士也在场。我觉得这个奖有一大部分都是他的功劳，我很高兴他能和我们一起分享获奖的喜悦。他们给我颁奖后，我准备了一小段获奖感言。首先，我感谢上帝赐予我的一切，感谢上帝让我有机会来到这里。感谢迪斯尼所有给我投票的人，然后感谢我的妈妈、弟弟们，还有我的祖父母，感谢拜恩博士，感谢爸爸。

不过，颁奖典礼上最让人高兴的，是知道爸爸有多兴奋，因为他是那么热爱体育运动。我们上台前，他一直跟我说："这有某某、某某"，"你相信吗？我们和谁谁坐在一起！"我一点儿也不知道他说的这些人，我就知道说："太棒了！"

爸爸

迪斯尼体育精神奖是全国大学生橄榄球颁奖协会举办的大型

庆祝活动的一部分，这个庆祝活动总共包括二十一个奖项，颁发给在橄榄球方面有着各种才能和成就的队员或队伍。这里是体育迷的天堂，我完全沉浸其中。所有的 ESPN 大学比赛日的橄榄球转播人员都在场——克莉丝·福勒、李·科尔索、柯克·赫博斯特雷特——还有本届和历届各个奖项的获奖队员，他们的教练，经纪人，大量的名人堂球员，等等等等。

看到所有这些重要人物汇聚一堂，简直太有冲击力了，而最让人难以置信的是，我的儿子也在其中，而且将要接受他们的敬意。再有就是，我旁边坐着迪克·巴特库斯，有史以来最出色的后卫球员。他对我们特别亲切。

虽然我知道帕特里克·亨利一点也不紧张，但我确定自己很紧张。我们周围都是让人兴奋的重量级人物，而对于我儿子来说，我们只是被一群好心人包围着，就跟我们去其他的那些地方遇到的人一样。你知道吗？他们播放了帕特里克·亨利的资料片后，很多观众都饱含热泪，我发觉这些肌肉发达的超人们，流露出了他们人性中情感丰富的一面。我感觉在这个晚上，那些观众知道他这一路是怎么走过来的，他们因此而对他赞叹有加。他们所展现的，正是我儿子从一开始就看见的东西——人的内心。

跟平时一样，帕特里克·亨利沉着冷静，很快就和观众们沟通交流起来。但除了对这个奖项和这所有的一切心存无限感激之外，我知道他还特别渴望赶紧去迪斯尼乐园，乘坐“飞越太空山”。

拜恩博士和我们一起去了迪斯尼世界的颁奖典礼。那时候，我还不太了解他，只是见面打个招呼，随便聊几句。在去的飞机上，我们坐在一起，好好聊了聊，加深了对彼此的了解。

我跟他倾诉，第一次通电话时，听说帕特里克·亨利必须要参加训练，我差点跟他喊起来。他笑了，说他觉得我脾气有点急，不过他能理解我的心情。作为一名教育工作者，拜恩博士见到过许多为像我儿子这样的残疾学生提供参与社会活动机会的情况，但他不知道帕特里克·亨利每天能应付多少事情，也不知道要想让他参加社会活动还需要做些什么。“但我坚信它能实现。”他说，仍然决定尽他所能帮助帕特里克·亨利。

很巧的是，拜恩博士以前见过帕特里克·亨利。那是十年前，他和他太太在路易斯维尔东部的一个小镇，杰斐逊镇，参加煤气灯节日庆祝活动。帕特里克·亨利那年十岁，他参加了那次活动的游行，在一辆移动的大型花车上弹钢琴。当时拜恩博士也不知道他是谁，但第一次看见我儿子弹钢琴，他就转身跟他太太说，“看那个孩子……我想让他有一天加入我的乐队。”如此说来，就好像拜恩博士一直坐在他的办公室里等着我们的到来。

世间有太多的巧合，许多事还很具讽刺味道，说起来人们都可能觉得像我们编的故事一样。比如下面这个。

开始时，我怀疑拜恩博士不够明智，于是决定想尽办法让这个乐队快点完蛋。如果我成功了，那么我和我全家的生活就会和现在完全不同。

最近，路易斯维尔大学的体育运动系决定接管活力乐队。同时，系里决定取消“仪仗乐队成员才有资格加入活力乐队”这个先决条件。

如果这一切早点发生，帕特里克·亨利就能如我们所愿直接加入活力乐队了，我也能拿到宝贵的篮球票，跟在儿子后面去看比赛。生活将无限美好。但是，我们就会错过生活中最重要的约定：八月潮湿闷热的午后，和两百多个疲惫不堪的仪仗乐队队员一起，在泥泞的训练场上艰难前行，还有此后发生的一切。

而现在，最讽刺的是，体育运动系接管了活力乐队后，帕特里克·亨利决定，如果拜恩博士跟活力乐队没什么关系了，他就不加入活力乐队了。我支持他这个决定。所以，我们现在的情况是，完全的仪仗乐队成员，却最终没有加入开始时让我们必须经过这一步才能加入的组织。

我强烈地反抗。我捶胸顿足，咬牙切齿。我威胁恐吓，生气绷脸，摆明态度。但是，谢天谢地，上帝没注意到这些。相反，他继续进行着他的计划，安排格雷格·拜恩博士，引导我们驶往正确的航向。

设定好路线，然后烧掉地图

帕特里克·亨利

目标告诉我们，自己想要实现什么；而计划，就是我们相信能够达到那个目标的最有效途径。但是，如果在半路，我们发现桥不见了，怎么办呢？你只能接受这个事实，那就是你的地图并不符合你现实生活的道路。这时，忘掉原来的路线，寻找一条更好的路径。保持前进，也要保持聪明的头脑，包括灵活变通。通常，那些取得伟大成就的人，通向成功的道路和他们原本的计划都不一样，而要做到这一点，你必须准备好接受各种有可能帮你实现目标的办法。许多伟大的发明都是偶然成功的。

我的目标是跳过仪仗乐队，加入活力乐队。于是我和爸爸设定了相应的路线，但上帝对我们另有一番安排。当事实表明，我们必须要加入仪仗乐队时，我们可以选择放弃目标，退出算了。但我一定要加入活力乐队，于是我们改变了原有的路线，接受了仪仗乐队。而当我们这样做之后，发现仪仗乐队在很多方面让我们收获良多。上帝对我们的安排远比我们自己开始时的计划要好得多。约尔·欧斯汀，休斯敦湖木教堂的资深牧师，把这个称为“无意中走进上帝的祝福”。

生活从不是一帆风顺的，墨菲定律不定什么时候就应验了——越不想发生什么就越发生什么。当生活不顺，你不知道该怎么做，也不知道该走哪条路的时候，那就祈祷吧。祈祷上帝，帮助你设定一条正确的路线，来实现目标；而一旦设定好了路线，就全力以赴地投入其中。当出现特别糟糕的情况时，也不要回头。往前看，对你的目标有信心，对指引你的人有信心。如果桥不见了，请求上帝赐予B计划。他会为你准备好的。

第七章
爱的付出，慷慨无私
成倍累积，回报无穷

真神之爱，伟大无穷，

口舌笔墨，难以形容。

——弗雷德里克·马丁·雷曼

帕特里克·亨利

不能弹钢琴的时候，我知道至少还有我的声音一直陪伴着我。我想我哼唱的第一首歌是《危险》，大概两岁半时。从那以后，我在歌唱上取得了长足的进展。

对我来说，演出的意义远比分享音乐的快乐重要得多。它开始成为我交朋友的方式——如果人们喜欢我的表演，他们可能就会过来跟我认识一下。大多数的音乐家通过眼睛跟观众交流。而我通过掌声、聊天声或是声音传导的方式，可以感觉到大概有多少人聚集在场，不过也只是大体情况。对我来说，最好的交流方式是通过触觉——握手、拥抱或是相互亲吻脸颊——尽管，当然，我表演时不能这样跟观众交流。我只能等到演出结束之后。于是，我把唱歌、钢琴和小号看做我的名片。我特别喜欢在教堂演出，因为那里会有很多女士亲吻我的脸颊。

人们第一次看我唱歌或演奏时会经常跟我说，我看上去一点儿也不紧张。他们听说我很小时就开始演出了，都感到很吃惊。我和爸爸一起在公众露面表演是从一年一度的为儿童募款活动开始的，一个为儿童慈善机构募款的系列电视节目，为了帮助像我一样的儿童筹款。这个节目在路易斯维尔的 WHAS 电视台和 WHAS（AM）广播电台播出，让我们在当地的曝光率很高。

参加了几年的儿童筹款活动后，我被邀请参加《莫里访谈》，一个由莫里·波维奇主持的全国性电视访谈节目，那时我大概十二岁——那一集叫做“不可思议的孩子们”。我、爸爸、妈妈，和其他四个小朋友，还有他们的家长，一起录制这一集的节目。其中有一个小朋友患有“脆骨症”。她特别瘦弱，生活很艰难，因为一点儿轻微的受伤就能让她骨折。我觉得很难过，她总是得小心翼翼的，不能到处玩耍，或是像我一样去游乐场玩，跟弟弟们打斗。当你看到别人身上有些东西被夺走了，你就会感激自己有幸拥有。

录制前，在休息室里，爸爸妈妈教育了我半天。说话不许含糊不清，要大声地说，身体坐直，面带微笑，要保持积极热情的状态。然后他们告诉我，如果我做到这些，他们就给我买一大块纽约芝士蛋糕。甜点通常是吸引我注意力的好办法。有趣的是，我们忘了当时也在拍摄，没多久，工作人员就进来，给我们带来一个很大的芝士蛋糕。

录节目很有意思。我、爸爸、妈妈，还有波维奇先生坐在一起聊了一会儿，然后我开始弹钢琴，唱《生活、微笑和爱》，一首克莱·沃克写的歌。爸爸在观众面前通常都能从容自如，因为他本身也做过音乐表演。妈妈比较紧张，不过她总是能很好地应付。其实没关系，因为他们最后完全剪掉了爸爸和妈妈的部分，只保留了我自己的内容。爸爸开玩笑说，他们毁了他这十五分钟出名的机会。

爸爸

我不记得帕特里克·亨利在任何表演前紧张过。他渴望表演，而且他太热爱音乐了，总是迫不及待地要开始演奏。不过，像其他的家长一样，我倒是经常为他捏把汗。在为儿童募款活动周的闭幕典礼上，九岁的帕特里克·亨利要演唱《圣战炮弹》。这首歌改编自《红雀炮弹》，由当地唱作人米奇·克拉克为路易斯维尔大学红雀队进军全美大学生篮球联赛最终四强赛而创作的。

我们改成了新的歌词，有些部分的词要对主要的捐赠者表示敬意，像克罗格、通用电气这样的公司，同时也保持了歌词的趣味性。我告诉帕特里克·亨利，如果他忘词了，我就在帷幕后面，大约八英尺远的地方。我拿着一个纸夹，上面写着所有的歌词，我觉得他没有我的帮助唱不下来，那么多公司的名字，还要对应着正确的旋律唱出来，并不容易。我走来走去的，不知道如果他忘词了，卡住了，该怎么办。

其实，我多虑了。他完美地演绎了整首改编歌曲，一点也没出错。我想那是我最骄傲的一刻。

另一次的闭幕典礼上，著名的乡村歌手布莱恩·怀特作为特邀嘉宾来到镇上参加活动，十一岁的帕特里克·亨利被邀请跟他合唱《从此刻起》，一首他和仙妮亚·唐恩合唱的著名歌曲。帕特里克·亨利要演唱仙妮亚的部分。考虑到帕特里克·亨利年龄和身体条件上的局限，可能怀特先生并没真的期望我儿子能跟着他把整首歌唱下来。于是演唱开始时，布莱恩唱起了帕特里克·亨利要演唱的部分，可能他觉得是在保护这个男孩，免得让他尴尬。然后我儿子开始拉开嗓门，引吭高歌。这时，布莱恩注意到——嘿！这个孩子能唱！之后，布莱恩唱他的部分，然后等着帕特里克·亨利唱，他们真正地完成了合唱。

帕特里克·亨利

我喜欢各种类型的音乐，但乡村音乐是我的最爱。它的歌词轻巧，演唱内容发自内心；它是纯粹的美国风格，别具特色，无与伦比。是妈妈让我走近了它——她经常听路易斯维尔的乡村音乐台 WAMZ。我七岁时，听到录音机里正播着一首通俗易懂的歌，泰勒·英格兰的《我应该快点问她》。对于我来说，第一次听，感觉是首爱情歌曲。

后来，当我真的喜欢上了乡村音乐后，就想见到一些歌手，像帕蒂·洛夫莱斯、埃米卢·哈里斯、谭妮雅·塔克，我每天都听他们的歌。爸爸说，我们可以去听演唱会，能够在比较近的距离里听他们唱歌，但并不能真正跟他们认识交流。于是，我开始给八个最喜欢的歌手写信。每个人的信都是两个版本：一封盲文的，告诉他们我是个盲人；一封普通文字的，他们可以看到我写的是什么。

我跟他们介绍了自己，并告诉他们我是乡村音乐的忠实歌迷。大多数情况是，我收到了他们的亲笔签名照片，后面还附有一小段话。真好！妈妈把照片放入相框，挂在我的房间里。后来有一天，我们从外面回来，爸爸从邮箱里拿出一个包裹，不知道是从哪儿寄来的：看着很简单，上面就写着寄给我，也没有什么其他的标志和寄出的地址。没人想到会是什么。爸爸慢慢地打开它，好像先确定它不是个炸弹。

包裹里是个卡带。当时我们其他人都还坐在车上，爸爸就把它放进车内的录音机里。

我们坐在车上听着，结果是乡村歌手潘姆·提莉丝给我的"回信"。这样的回复简直太美妙了！她说："你好，帕特里克·亨利。我收到了你的来信，希望以这种方式来给你回信。我现在和妈妈坐在后院门廊上。外面下雨了……"她说了五分钟，问我现在好吗，还有其他一些关于我的问题。我简直像在天堂里一样。

如果所有的乡村歌手都像提莉丝小姐一样，我就更想见到他们了。但是怎么才能实现呢？

妈妈开始四处查找，结果发现在纳什维尔有个歌迷会，一个在奥普里兰举行的大型演唱会活动，有上百个艺人参加。明星们有各自的签唱录音棚，在活动的特定时段，你可以和他们见面。我听说后，特别兴奋，马上就求爸爸六月份带我去。爸爸那时对乡村音乐还不怎么感兴趣，我从他犹豫的回答中就听得出来——

他停了一下，有一分钟没说话——他不想去。但知道我有多想面对面地见到我的偶像，他还是同意了。

爸爸妈妈打趣着说，我成天唠唠叨叨没完没了。从一知道我们要去歌迷会，我就成天问他们关于歌迷会的事。终于到了六月份的这一天，我和爸爸开车出发了，到纳什维尔参加歌迷会，准备去四天。

我们不清楚歌迷会是怎么进行的，所以就只买了票，到时候去参加。我们觉得早上九点到，还算挺早的，可当我们到那儿时，已经有三百多人排着队，等着见特雷莎·耶伍德，而她一个小时内还不会出现。队伍的最后一个人示意“票已售罄”。我们都不知道进入室内后排队见明星还需要另外买票。

后来才了解到，人们都是凌晨四点就在楼外排起队，为了在开门时能第一个冲进来。然后跑到录音棚的售票点，如果人们足够幸运，排在前三百个人里，买到了特雷莎·耶伍德的票，那么他们可以晚些时候再回到这里，排队等着见她。

爸爸一副特扫兴的样子。他推着我在展厅里转了一会儿，看看还有没有什么东西能让我此行有点价值，但一点发现也没有。我们正往另一个展厅走去，这时，一个看上去像是官方工作人员的女士拦住了我们。爸爸说她脖子上戴着某种工作证标志。她问：“你喜欢这个歌迷会吗？”

我大声地说：“特别喜欢！”爸爸告诉她，他本来希望我能见到一些明星的，但没见成。

她问我想见谁，我说，“特雷莎·耶伍德。”

简直不敢相信，这位好心的女士直接带着我和爸爸来到特雷莎·耶伍德队伍的最前面。我见到了她，甚至还一起唱了首歌，《X’s和O’s》。她的录音棚很特别，里面有一个隔音的迷你录音室，如果你想进去，就可以和她一起唱段歌词，并录成一个卡带，作为纪念品。

那位好心的女士站在旁边，我出来后，她问我还想不想见其他的明星。我说："当然想！"然后我们去了一个又一个的录音棚，见到了乡村音乐的众多明星：李·安·莱姆斯、蒂姆·麦格劳、梅尔·哈加德、娜奥米·贾德、马克·切斯纳特，还有玛蒂娜·麦克布莱德。简直棒极了！

第二年，我迫不及待地要再去。由于我们不能指望再有一个官方人员从天而降，陪着我们去各个录音棚，爸爸提前查出了哪些明星会参加活动。我们尽量早到，但我知道爸爸不可能为了见一个乡村音乐的明星，半夜起来去排队。

我们到了歌迷会现场，和去年一样，到处都是弯弯曲曲的长队。录音棚有大有小，不过大部分有二三十英尺的跨度，一边是入口，一边是出口。进入的队伍排在左边，每次进去一个人，跟明星打个招呼，得到一个亲笔签名，然后从另一侧出去。

爸爸估计，如果我们站在出口一侧，可以离艺人近一些，或许我还有机会见到他们。于是我们在潘姆·提莉丝录音棚的出口处等着。等到提莉丝小姐快要出现的时候，我决定唱几首她的歌，给大伙助助兴。然后提莉丝小姐到了，她看见我正在唱歌，就马上走过来。爸爸告诉她，我就是用盲文给她写信，她又通过录音给我回信的那个孩子。她想起来了，很高兴能见到我。

每年再去歌迷会的时候，我都会去提莉丝小姐的录音棚，我们会一起唱一首她的歌，然后像朋友那样聊天。2001年，四年这种短暂的拜访之后，她出乎意料地问我，周六晚上愿不愿意去“乡村佬大剧院”，和她一起唱歌。我大吃一惊，爸爸妈妈也是。乡村佬大剧院！我没听错吧，不过回答时我肯定是结结巴巴的，“我愿意去！”回宾馆的路上，妈妈异常兴奋。她跟我说着关于那个剧院的一切，所有的大明星都是如何从那里起步的。最初的场所只是一个旧浸信会教堂，里面都是长条椅，也没有空调。但新的场所应该技术含量很高，她非常渴望能亲眼一见。我都等不及了。

“乡村佬大剧院”有两场演出，早场在八点左右，晚场大约在十一点。第一场是现场性的，只为观众们表演。晚场会在电视上向全美观众播出。制作人说，我可以上早场的演出，可提莉丝小姐说想让我两场都上。我想不会有太多的人拒绝提莉丝小姐的要求，于是我得准备好自己的处子秀。她说我们会唱她最近的一些歌，但还没确定要唱哪首。我估计，她可能演出时，看看观众们最想听哪首，就唱哪首。

妈妈说我需要准备一套乡村音乐的装束，于是我们去服装店买了牛仔裤和花哨的西部样式衬衫。我们还得买几张提莉丝小姐最近出的CD，因为我不知道所有歌曲的歌词，而如果她挑了首我没听过的，那就麻烦了。我们回到宾馆房间，我确定自己学会了所有的歌词。演出结束后，爸爸得知，一开始制作人担心在电视播出的演出上，我能不能表现好，也许我会忘词，不过他们看完我们早场的演出后，就松了口气。我们一起完美演绎了一场歌舞盛会。

每次看见提莉丝小姐在舞台上演出，她都会邀请我上来和她一起演唱。有一次，我上不了台，于是她拿着两个麦克风下来，走到我旁边，我们一起在观众席中演唱。我见过的所有乡村音乐明星都很好，而提莉丝小姐格外亲切。

爸爸

人们对我儿子的反应，让我的惊讶从来没有停止过。纳什维尔的明星们有着繁忙的日程安排，人们日夜都想引起他们的注意。而当帕特里克·亨利出现时，他们放下手里的工作，来到他的身边，就像他有磁力一样。可见，他们对他的爱是真心诚意的。

不得不承认，第一次我都害怕去歌迷会。看见公告时，我就想找个地方藏起来。“四天，三十个小时的亲笔签名时间，一百个小时的现场音乐，四百个乡村音乐艺人和名人，成千上万极具煽动力的音乐爱好者汇聚一堂，营造乡村音乐的终极歌迷体验！”这个描述让我感觉就像但丁虚构的一样。但是，参加了几年歌迷会后，我开始爱上了乡村音乐和所有这些活动。

除了潘姆·提莉丝，帕特里克·亨利还很快和许多明星建立起了良好的友谊关系。2002年，我们去了雷妮·布罗迪的录音棚，帕特里克·亨利和她一起合唱了一首歌，之后就成为了朋友。她邀请他在纳什维尔河畔舞台举行的歌迷聚会活动中一起合唱。成千上万的歌迷聚集在那里，她和帕特里克·亨利的一举一动，都博得了全场喝彩。当里奇·麦克唐纳，孤星组合的主唱，在录音棚见到帕特里克·亨利时，他邀请我们参加他们“乡村佬大剧院”的演出。在后台，他和帕特里克·亨利找到了一架钢琴，等候演出时，他们就一直弹着钢琴、唱着歌。然后他和孤星组合一起上台演唱了歌曲《没消息》。从那儿以后，每当我们出现在他们歌迷会的录音棚，他们组合的成员就都出来，围绕在帕特里克·亨利的周围，一起给歌迷唱歌。

帕特里克·亨利

我不想让大家以为，我只喜欢乡村音乐，而抛弃了其他的音乐类型。我也喜爱蓝调音乐和爵士钢琴，像雷·查尔斯和艾灵顿公爵。我还喜欢弹奏百老汇音乐剧的主题音乐，还有经典歌曲，比如《纸月亮》和《我的心留在旧金山》。面对音乐时，我非常开放，各种类型都喜欢。

古典音乐在我心中有着独特的位置，尽管它不是那种我戴着耳机、为了休闲娱乐而听的音乐。我对它以及它的创作大师们，更多的是，充满了敬意。我欣赏它的错综复杂和吃力的演奏。对我来说，学习古典乐章是钢琴取得进步的关键。

我从没想过要成为一个钢琴演奏家，不过如果你了解我的老师亨达·奥德曼小姐，你就会觉得我想走那条路。她喜欢经典大师的作品，但她从来没有逼我往那个方向发展，尽管我想她觉得如果我真的想要成为钢琴演奏家，并且足够努力的话，是可以实现的。

2002年，在路易斯维尔市中心的圣母大教堂，我公开举行了第一场钢琴独奏会。这是亨达小姐的主意，让我以表演者的身份公开露面。她很紧张，我的父母也是，特别是因为李·卢维西先生也在观众席中。我直到演出结束后才知道他也在场。

平时上课休息时，亨达小姐会给我讲一些著名的音乐家，比如卢维西。这位钢琴艺术大师，二十岁时就在卡耐基音乐厅举行了独奏会。从那以后，他成为北美地区所有重要的管弦乐队的钢琴独奏者，并在伦纳德·伯恩斯坦、威廉·斯坦伯格、尤金·奥曼迪这些著名指挥家的指挥下演奏。后来，他回到家乡——路易斯维尔——成为路易斯维尔大学音乐学院的常驻艺术家。

那是个星期天的下午，我演奏了一个半小时：两首巴赫的二部创意曲，分别为F大调和a小调；海顿的C大调钢琴奏鸣曲；卡巴列夫斯基的a小调小托卡塔；肖邦的《一分钟圆舞曲》和他的升c小调圆舞曲。最后，以莫扎特的十二段变奏曲《啊！妈妈，我要告诉你》（即《小星星变奏曲》）收尾。大教堂里座无虚席，感谢爸爸到处搜寻，把我们认识的人都叫来听我的独奏会。不是很多人喜欢古典音乐，所以他们能来我特别高兴。演出结束后，他们报以热烈的掌声，喝彩声不绝于耳。

我演奏完以后，卢维西先生走过来，介绍了他自己。他告诉我，他非常喜欢我的演奏，还说他学习莫扎特的十二段变奏曲时，年龄已经比我大很多了。我除了“谢谢”，都不知道该说什么。如果亨达小姐听到他跟我说的这些话，我知道她会怎么想：嗯，如果卢维西先生二十岁时能在卡耐基音乐厅首演，而他学莫扎特的十二段变奏曲比我还晚……那么也许我会像他一样，将来也成为一个著名的钢琴演奏家，甚至可能比预定的时间更早。哈哈！不过我了解亨达小姐。她总是夸我，说我很棒，给我信心。我特别感激她的帮助和支持。但是世界上只有一个李·卢维西，我很高兴能认识他，而且他对我的演奏还作了这么好的评价。

2005年5月16日，我迎来了钢琴事业的第一个巅峰时刻——在首都华盛顿的肯尼迪表演艺术中心进行演奏。这个机会得益于“非常特殊艺术家”组织在肯塔基举办的评选赛。这个非营利性组织，是由吉恩·肯尼迪·史密斯在1974年建立的，为了帮助和支持像我一样身体或智力上有困难的艺术人士。要加入这个组织，我需要准备好并提交自己音乐的录音磁带。

每个州都有自己的“非常特殊艺术家”协会，他们每年都会举办评选赛，选出视听艺术的最佳表演。我连续参加了五年的评选，每年都赢得肯塔基州评选赛的第一名。之后每个州的获奖者会角逐全国评选赛。第四年，我差点儿就赢了。然后，第五次参加全国评选时，我终于获得了冠军。

能被选中我很高兴，不过更棒的是，“非常特殊艺术家”组织每年可以从美国选出两名艺术人士，和两名其他国家的艺术家一起到肯尼迪中心表演。我去的那年，由于两位国外的艺术家来不了，我和另一位来自美国的同伴能够有更长的时间进行表演。我选择了不同类型的音乐片段，包括《迷魂记》，选自舞台剧《芝加哥》，克里斯蒂安·辛丁的《春之絮语》；还有，我又选了莫扎特的《小星星变奏曲》。之后，我和我的搭档，一位来自宾夕法尼亚州的年轻女士，一起演奏了加里布埃尔·福雷的《钢琴二重奏》。

肯尼迪中心位于波多马克河畔，面积很大，在林肯纪念堂附近，离臭名昭著的“水门饭店”不远。爸爸这样跟我形容着这个音乐厅：来自挪威的巨型水晶吊灯，超过四千个音管的管风琴。试想一下！我真想有机会听听它的声音！超过两千五百个座位席，设置得像欧洲风格的大礼堂一样。奇妙的、高科技的声学天顶，让音响效果好得不可思议。我敢说把这里当做家园的国家交响乐团，一定能在那个天顶下演奏出最美妙的声音。

另一个让我难以忘怀的瞬间，是在演出结束后的一个招待会上，我见到了吉恩·肯尼迪·史密斯小姐。后来爸爸告诉我，见到肯尼迪家族的成员，就好比见到皇室贵族一样。

认识我的人都想知道，我有没有让她亲吻我。我穿着小礼服，妈妈提醒我好几次，这是个正式场合，于是我想，最好还是不要提这种要求了。但是，现在回想起她是那么亲切和热情，我想要是当时我提出这个要求，肯定也没关系。那样的话，我就能指着脸颊说：“这是吉恩·肯尼迪·史密斯小姐。”然后再指着另一侧的脸颊说：“这是奥普拉！”两位美国贵族都亲吻过我。

爸爸

在我们的生活中，上帝之手多次在关键时刻从天而降。不过通常，我们当时都没有察觉，直到后来回望时，才明白那一时刻的可贵。我们在“改头换面：家庭版”节目中的经历，就是上帝仁爱之举的最佳诠释，他在背后帮助着我们，让我们的生活变得更好。不仅如此，他还通过这个节目让帕特里克·亨利传达他的爱和慈悲，以及他对全人类的认可和接纳。

下面就是从一开始到我们收获了一个华丽新屋的全过程。

我和帕特里克·亨利正在芝加哥参加由克谢特赞助的募款活动，这是一个为有特殊需求的儿童和年轻人提供教育、休闲和职业项目的组织。帕特里克·亨利被邀请在晚宴后进行表演。他演奏完后，我们遇到了一个非常富有的人，他特别喜欢我的儿子，希望能够提供一些帮助。这位绅士以为我们建立了某种基金会，想慷慨解囊。但是帕特里克·亨利并没有这种基金，我们对他的善意表示衷心的感谢。这让我们谈到了一个严肃的话题，他强烈建议我为儿子建立点什么。就算不是基金，他觉得我们也应该有一个适当的途径，来鼓励大家捐款。

凡是对儿子有益的事情，我总是很感兴趣，于是我研究了一下。有关专家告诉我，除非我们能获得大量的捐款，有巨大的款额运转，否则是不值得的，因为它更像个麻烦。好吧，不建立基金，但我决定采纳在芝加哥遇到的那位绅士的意见，在我们的网页上请求大家捐款。我还不习惯向他人寻求施舍和救济，于是尽量把语言组织得温和平淡。最后，带着多少有点儿开玩笑的口吻，我加上了一句：“如果你是泰·潘宁顿，或是知道泰·潘宁顿，发现了这个网页，我们可以通过为家庭改头换面，来让我们的房子更适合帕特里克·亨利。”

出人意料地，我们收到了大量想提供帮助的人们的回复。他们告诉我们，怎样申请参加“改头换面：家庭版”节目（泰·潘宁顿是主持人），怎么让节目组知道我们是谁，为什么我们是合适的人选。（后来，我了解到，这个节目已经收到了成百上千封陌生人的电子邮件，都是告诉他们有关我们的情况。我简直不敢相信。难道这都是因为我在网页上贴的消息吗？）我们非常喜欢这个节目，是它的忠实观众。每当我看见帕特里克·亨利在房间里寸步难行，或是一下雨地下室就积满了水的时候，这个节目就在我的脑海中来回打转。它看上去简直太美妙了，可又似乎太好了，好得让人难以置信。

我们的房子有两间卧室，孩子们小时候，三个人住在一间卧室里。后来，当卡梅隆长到需要把婴儿床换成普通床的时候，房间里就没地方了。于是，我和帕特里夏搬到了客厅里，让杰西和卡梅隆搬到我们的房间。房子里只有一个洗手间，当我们都要出门时，就显得手忙脚乱的。我们的确非常需要再有一间卧室和洗手间，还有更多的储藏空间。

随着事情的进展，我们拍了一段录像，讲述帕特里克·亨利是如何困难地从家庭活动室回到他的卧室。这已经是我们平时都习惯了的事情，但这次，当我真正仔细地看到这个情景时，发现它完全呈现出一个新的含义，就好像我是第一次看到他经历这些一样。

当“走”到通向厨房的上坡时，他从轮椅上滑下来，转个身，面朝轮椅地趴在地上，开始用肚皮一寸一寸地倒着往坡上蹭，同时还得用手拽着轮椅。爬过了斜坡后，他挣扎着回到轮椅上，然后开始艰难地通过厨房和餐厅的拐角和转弯，还有狭窄、倾斜的过道。他在两侧墙壁之间来回碰撞，曲折前行，撞到家具上，困难地在厚厚的地毯上前进，最后终于到了目的地。我简直不忍心看，心里充满了愧疚。我是世界上最差的父亲。我怎么能这么无情地允许儿子每天遭受这些？以前，我以为这对帕特里克·亨利来说，是一种很好的锻炼，因为除此之外，他基本没有什么机会锻炼。或许它是种不错的锻炼吧，但整个过程也太累了，就像惩罚一样。从那一刻起，我早上再也不贪睡了，或是把他一个人留在家庭活动室。我甚至开始早起一会儿，宁愿牺牲一些睡眠换来儿子一个轻松一点的早晨。

我们祈祷能被选中。我始终幻想着，有天早晨，泰·潘宁顿拿着扩音器喊道："早上好，休斯一家！"然后就改变了我们以后的生活。同时，我们又只能等待，看看自己是不是那个幸运的家庭。

我又开始像个孩子一样。圣诞节快到了，圣诞老人可能会给我带来在这个世界上我最想要的东西。或者，不会。这一分钟，我跟自己说，我们努力了，我们是不错的人选，一定能被选中，然后一切会变得多么多么美好。下一分钟，我又说服自己那只是个白日梦。

我们的心情这样上上下下、反反复复，直到帕特里夏提出了一个办法，帮助我们把心态放平和。首先，我们俩不跟孩子们讨论这方面的任何事。当然，他们知道这件事情正在进行中，但我们要尽量让大家把精力集中在日常生活上。其次，我们达成了一个协议，当我们俩当中一个人出现极端乐观或极端悲观的情绪时，另一个人要帮着及时踩住刹车，控制情绪。通常，我是那个需要被踩刹车的人。

每天，我都会在心里给这一天画上一个“×”。我想不管结果怎么样，我都算是为家里做了点事。

然而，我感觉在内心深处，有个声音告诉我：幸运就要来了。我努力地想要打消这个念头，可它却变得越来越强烈。我明白最好不要把这个感觉告诉别人。帕特里夏和儿子们肯定正体验着相同的情绪起伏。

有天早晨，我和帕特里克·亨利正唱着詹姆斯·泰勒的《甜蜜宝贝詹姆斯》，唱到半截，我们好像听见了什么。我们的渴望产生了幻觉吗？杰西和卡梅隆说不是，他们也觉得听见了。我们停止了歌唱，仔细地听着。

没错，是泰·潘宁顿的扩音器。

“早上好，休斯一家！”

杰西，家里最不易动感情的一个人，第一个冲到了门口，和他们拥抱、击掌。卡梅隆紧随其后。然后是帕特里夏，最后是我和帕特里克·亨利。我头晕目眩——这些明星就站在我家的车道上。我看看周围，所有的家人和朋友都来了，他们很早就到了，以防万一。泰·潘宁顿在路上时，新闻媒体得到了情报，这让他们也有时间到场。这真是一个盛大、多彩又美妙的场景！

帕特里克·亨利

我从爸爸妈妈和弟弟们的身上感应到现场的气氛，太热烈了，都快把我从轮椅上拽起来了。我从没有过这样的感受。杰西一直说着：“我要有自己的房间了！我要有自己的房间了！”我能想到的是，这件事真的发生了，我要住进一个新房子了，行动起来会更方便，我能独立地生活了！我全身摇摆着，跳着自己的舞蹈，不过其他人都欣喜若狂，估计他们已经注意不到我了。

泰·潘宁顿进来采访了我和爸爸。他特别亲切体贴，想知道我们每个人的情况，不过他非常谨慎，不向我们过多地透露即将发生的事。整个过程的每一步都会是个惊喜。然后，他单独采访了我，问我感觉如何，有没有什么他可以提供帮助的。我紧张得口干舌燥，都不知道怎么回答。

我们那天早上就要收好行李，准备去度假。他们重建房屋时会送我们去外地旅行。他们还十分神秘地告诉我们要带游泳衣，还有毛衫。我们都迫不及待地想知道要去哪儿。但走之前，我、爸爸，还有泰·潘宁顿，先上车去了路易斯维尔大学。

作为这个节目的一部分，节目组曾经问我们，有没有其他什么对我们很重要的人，节目组可以提供帮助，像为我们服务过的组织之类的。有太多这样的组织浮现在我的脑海中，一时间很难抉择。但是我和爸爸都觉得，拜恩博士和路易斯维尔大学仪仗乐队，对我们来说太重要了，如果我们被选中，应该为他们做点什么。我想起了那个蚊蝇遍布、泥泞不堪的训练场。“我们应该问问他们，可不可以帮我们建一个新的训练场。”我跟爸爸说。他觉得这个主意不错。

我们到了路易斯维尔大学，看见仪仗乐队的队员们都在。他们不知道为什么集合，还以为又新加了训练内容，正为此发着牢骚。然而，是泰·潘宁顿来了——告诉大家，“改头换面：家庭版”节目将为大家修建一个新的训练场！这肯定让大伙儿感到特别高兴。

我们和妈妈、杰西、卡梅隆会合后，到机场登机——伦敦！我一直都想去英格兰。我都等不及要亲耳听听大本钟的钟声了。

这是我们最后一次看到我们的旧房子，我从生下来就住在这里。爸爸肯定会说：“谢天谢地，终于解脱了。”旅行前，节目组的工作人员问，有什么东西是我们在新家里不想看到的，什么东西是要留下的。我想不出什么特别的东西。开始时，爸爸妈妈列了一张单子，上面写着要保留的东西。在新房子盖好前，这些东西要先储存起来。但是他们又考虑了一下，决定一切从新开始。他们觉得最好所有东西都是崭新的。

我们的旧房子经常容易淹水。每次一下大雨，可怜的爸爸就一直在地下室里清理积水。单是这一个原因，能住进一个新房子就是莫大的幸福。到三月份，我们刚搬进新家没几个月，就已经下足了一年的雨水。这是有史以来最潮湿的冬天之一。要是我们还住在原来的房子里，这么多的雨水，会使地下室的水齐腰深，那样的话放在那儿的东西就全毁了。我们说不定还得把热水器、洗衣机、烘干机这些重要的东西都挪到楼上去。

第二天早晨，我们到了伦敦，又到处是拿着相机和麦克风的工作人员。由于我们的一切活动都被录制，我和弟弟们感觉就像电影明星一样。在伦敦时，我们收到了一份来自泰·潘宁顿的视频资料，是我们房子重建进行时的演示。我们坐在泰晤士河边，用笔记本电脑观看，在路易斯维尔，我们的房子被拆毁的实况。我能听到那轰轰作响的声音，爸爸为我描述着拆毁房子的情形：大铁锤凿碎了厕所、水池和窗户……推土机很快就铲倒了墙……屋顶哗啦一下子就塌下来。太厉害了！一切进展得这么快！

旧房子被夷为平地后，当地的承包人和志愿者将在原地修建一所新的房屋，从开始到结束，只需要一周的时间。所有这一切都将在我们游玩伦敦时发生。

爱德，节目组的一个设计师，正好来自伦敦，他成了我们的导游，和其他几个当地的导游一起带我们游览伦敦。我们去了所有的著名景点：伦敦大桥、塔桥、王冠、白金汉宫，还有其他好多地方。不过对我来说，最重要的景点是游览莱森剧院。爱德给我们讲述了剧院在历史上的起起落落——被大火烧毁，重建，被废弃，1994 年重新修葺。但最高兴的是在后台见到了《狮子王》剧组。这是我小时候最喜欢的电影之一，我记得所有的人物和台词。剧组的演员正为当晚的演出热身，导演问我想不想帮忙。我当然想，不过就是不知道我能做什么。于是，我决定用我在高中合唱团时的热身办法。我们半个音阶半个音阶地往上唱，直到觉得声音有点太高了，然后就往回唱。演员们非常喜欢这个方式。

然后，我问他们，可不可以感觉一下穿着演出服的演员和舞台道具，这样我就能更好地想象演出的故事。我喜欢王后娜娜的服装。它上面挂满了各种不同的小珠子，我喜欢触摸着它的感觉，不过她一走动，声音就很明显。我还摸了摸沙祖，那只红嘴犀鸟。他就像落在竿子上的大木偶，当竿子移动时，他就会到处飞。我还想感觉一下他们的脸，不过有人解释说，我可能会抹花他们的妆，要花很长时间才能化好、干掉。

第二天，我们又出去玩，我终于在中午时听见了大本钟的报时钟声。这对于其他人来说没什么，但在我心里，有着不可思议的美妙。我家里有各种音效的CD，我最喜欢的就是从伦敦塔录下来的《大本钟十二点报时》。它长一分十七秒，我听了成百上千次。现在，真的来到它的脚下，听着，体会着，那感觉太棒了，简直无法用语言形容。就好像你崇拜一个演员，然后终于见到了他本人，不只是当面见到，还近得可以触摸。

度假的时间总是过得飞快，假期很快就结束了。这回，我们爱上了伦敦，但我们的心在路易斯维尔，急切地想知道那里发生的一切。后来，我们一回去，亲戚朋友就拿来所有的报纸和录影带，上面都是我们离开这一个礼拜发生的事情。我们的故事每天晚上都在当地电视台的新闻节目中播出，每天早晨的报纸头条也是关于我们的内容。这些报道展示着我们新家每天的惊人进展。上千的志愿者夜以继日地工作，创造着奇迹。我仍然觉得好笑，我们竟错过了这一切——就好像我们举行了一场盛大的宴会，邀请了成千上万的人，然后自己竟然没出现。

该离开伦敦了，于是我们乘机返美。虽然回到了美国，但对新家的模样还是没有一点儿线索。节目组曾经问过我们想要在新家中看到哪些变化。我有很多想法。

首先，我想有个大车库。天气不好时，从外面回来，我只能先在家庭活动室里等着轮椅的轱辘变干，然后才能在房间里走动，否则，到处都会留下轮子湿湿的痕迹。坐那儿等着时，我就想着这段时间能做多少其他的事情。在我的列表上第二个出现的是一个深度适合的游泳池——水到我胸口这么高——这样就能让我在水里站起来，踩着池底走路，池子另一端的水深一些，可以跳进去嬉闹玩耍。我还希望它配有梯子和升降椅，我可以更方便地出入水池。

我渴望拥有自己的空间，一个更适合我的空间：一个能学习烹饪的厨房，一个能坐着轮椅进入的浴室，一间可以走进去（或者对我来说，是坐着轮椅进去）的壁橱。有些新型壁橱，带有特殊的衣架，你一拉操作杆，它就会降低高度，把衣服带到你面前。然后，再往回推动操作杆，它又升回去。这样多好啊，因为这样我就不需要别人的帮助，可以自己拿衣服了。

那时，我觉得或许也应该为自己的梦想做点什么。于是我告诉他们，我想要一台新钢琴、一间自己的录音棚、一个能发出各种特殊音效的键盘，还有一个电动轮椅，那种轮子上带有感应器，在你将要撞到东西时可以发出警告的轮椅。不管结果怎样，我只是想要尽量自己独立地生活。

我们回到路易斯维尔后，才意识到这一个礼拜有多少关于我们的新闻报道。大量的陌生人过来跟我们打招呼。爸爸马上跟他们说，不要告诉我们任何关于新房子的细节。所以，每个人都对新家充满了期待。我听见他们一直在说，“你们一定会喜欢的；它美极了”，“它一定让你们大为震惊！”

回到家乡太令人兴奋了。马上，我们被安排上了一辆豪华轿车，不知道要去哪儿。我们离目的地越来越近，能听见人群的声音，而且越来越大。我已经听出这是哪儿了，也想到了将会发生什么，我开始激动得颤抖起来。爸爸也特别兴奋。我们走出豪华轿车，人群疯狂地欢呼起来。我听见仪仗乐队全体演奏起了《红雀战歌》。爸爸弯下身来，告诉我人群中有我们的亲戚和朋友，他描述着我们所站的地方——新建成的仪仗乐队训练场。“这一切都是因为你。”他说。

我觉得这是我生命中第一次激动得说不出话来。不仅因为自己置身其中太兴奋了，而且也为拜恩博士和仪仗乐队中的所有朋友们感到高兴。爸爸推着我走在训练场上。那感觉棒极了——不会晃动，没有水沟，爸爸也不用让我倚在轮椅背上，翘着轮椅前进。这一路走起来平稳又轻松，我们都不用更换轮椅的前轮。

在拜恩博士执教路易斯维尔大学仪仗乐队的十一年里，他和乐队换了五次地方。五个训练场，一个比一个糟。他换到一个地方，然后就会有高一级的人，比如一个运动队或是什么内部人士，想要这块场地，就被他们要走了。但是他一直坚持，并始终让队员们感觉，尽管如此，他们的工作也非常重要，而训练场的好坏没关系。这是真正的领导者。

我了解到，新的训练场非常平坦，铺着美丽的草坪，场地中间还配有合适的排水管道。再见吧，泥泞和蚊虫。训练场像真正的橄榄球场一样，标有精确的刻度，这样队员们彩排时就有了队形的参照点。那儿还有一座仓库大楼，简直太有用了，我们可以在阴凉处训练，下雨也不怕了。整个训练场被漂亮的围栏环绕，还有赏心悦目的景观美化。入口处是一个大拱门，上面有块牌匾。他们让我读一下牌匾，上面同时书写着盲文和普通文字。它写的是“路易斯维尔大学仪仗乐队训练场，由帕特里克·亨利·休斯提倡修建”。这一刻，我感觉有太多的幸福同时向我们涌了过来，我晕眩了。

还没见到新房子，这一切就已经带给我们极大的震撼。我们似乎热情耗尽，同时又仍然保持着异常的兴奋。

成千上万关注的人们都来到我家门口，等着我们回家，甚至为了占到一个能看清楚的好位置，很多人提前好几个小时就到了现场。尽管下着大雨，人群还是不断地扩大。

终于，我们再也抑制不住内心的兴奋，要去看看新家了。我感觉到车子在转弯，知道已经开上了我家长长的车道。离家越来越近，听到的欢呼声也越来越大。我以为仪仗乐队训练场的欢呼声已经很大了，但跟这里简直没法比。欢呼声震耳欲聋，我感觉浑身的血液都沸腾了。

豪华轿车停了下来。我的家人看见一辆公共汽车的侧面，挡住了我们新家的面貌。

然后人们开始有节奏地喊着，“挪走公共汽车！挪走公共汽车！”万人齐呼。我们下了车，向人们挥手致意，喊叫声更大了。现在，该倒计时了。要挪开公共汽车了。

当公共汽车开走后，爸爸妈妈被震撼得说不出话来。由于我看不见揭幕的场面，来自路易斯维尔“精英家园”的工作人员，跟路易斯维尔大学工程学院一起，为我准备了一个塑料模型——一个精确的、同比例缩小的复制品——他们把模型放在我的腿上，让我触摸着。我一边摸着模型，一边听爸爸描述着立在他面前的是什么。我们新家的风格被称为詹姆斯敦，像一个英国的乡间别墅，所有的房间都在一层上。我知道这听上去挺有意思，不过我真的感觉自己好像和他一起看见了我们的新房子一样。

房子外面很漂亮，但当我们走进去之后，那精美的家具和装饰，让妈妈欣喜若狂。她说，每一个细节单独拿出来，都是那么完美。我迫不及待要看看自己的房间。

用“房间”这个词来形容，太过于平淡了。我应该管它叫公寓单元。它有自己的入口，是没有墙壁分割的几个大房间聚集在一起。我能坐着轮椅进进出出，碰不到任何东西！那天，11 月 7 号，是我的独立日。门和电器都是声控的，我只需要简单说句话，就可以开门，或是调节吊在天花板上的电视的频道和音量。太棒了！

我们一步一步地迈入我的王国。首先，是一间不可思议的厨房，所有的东西我都能够得着。

我可以坐着轮椅来到桌台边，膝盖正好在桌台下面，在低于常规高度的台面上，我可以够着任何需要的东西。在原来的厨房里，我轮椅的脚凳会撞到橱柜、煤气灶或水池。我根本无法真正靠近任何东西。就算我能靠近，东西也都放得很高，我也够不着。而且，原来的厨房就像那种船上的厨房一样，是狭长的形状，只能两个人同时站在里面。对我来说，要想坐着轮椅在里面活动，简直太困难了。

接下来是大浴室，宽敞的构造让我可以坐着轮椅直接进去——爸爸妈妈再也不用费劲地把我抱进浴盆里了。浴室旁边是一个可以走进去的大壁橱，带着高级的下拉式衣架，壁橱本身比我原来的卧室还大。我还拥有了自己的休息室，里面有电视、沙发、坐椅，它旁边是一架顶级的小型钢琴。惊喜似乎还没完——我简直不敢相信——但墙角那儿真的有一间录音棚，里面配有最新型的混音设备，我盼着快点儿学会它们都怎么使用。还有新的电脑、扫描仪和各种音频设备，来帮助我学习。卧室区放着一张大床，床上建有格架，里面放着我的 CD、视频资料等等。

最后，是神奇的电动轮椅，如果路上有障碍物，它就会发出声音——让我不用太担心如何适应这个新的广阔空间。

我的卧室简直像天堂一样，我真想在里面好好地享受。不过这得过一会儿再说。我们先要去看看杰西的房间。他可能是我们当中最兴奋的一个；第一次拥有自己的卧室对他来说可是件大事。杰西爱上了摄影，这也是他卧室的主题——一间真正的拍照亭，游乐场里那种你进去后伸着舌头、盼着鬼脸，然后一次出来四张照片的摄影屋。卡梅隆卧室的主题是摇滚乐，到处都放着吉他——墙上挂着、地上立着，甚至连地板表面都用树脂玻璃做成了一把琴。

当然，我不会忘记车库，一间至少能放进两辆车的大车库。我再也不用等着轱辘干掉了。

沉浸在这一切当中，我做了个小小的祷告：感谢上帝如此慷慨，让现实超越了我所有的想象。

还有一个惊喜呢！在后院，有一个漂亮的游泳池。要不是现在游泳还太冷，我真想马上就跳进去。到夏天时，我一定每天都在里面游泳，特别是赛季前乐队训练结束后，那些闷热的晚上。我可以在里面和弟弟们一起玩“马可·波罗”游戏，还能练习走路。

爸爸

想着“改头换面：家庭版”节目组的天使们为我们带来的这些不可思议的礼物，我的感激之情无以言表，这种身心体验也同样难以用语言形容。节目组的工作人员全心地投入到新家建设的各项环节中，不论是魔幻般地设计出每间卧室的主题，还是如何布置家庭活动室，以更好地反映出我们一家人的精神风貌。我们和节目组的每个工作人员都成为了朋友，不想让他们走。几个月后，我们去洛杉矶时，他们又让我们感到了惊喜。几个节目组成员过来拜访我们，还有的给我们打电话，我们一起重温了那些和他们在一起的兴奋和美好。而对于我们全家来说，我们每一天都在这套房子里体验着那些快乐。

爱的付出，慷慨无私　成倍累积，回报无穷

帕特里克·亨利

爱是世界上最强大的能量，强大到科学定律也驾驭不了它。当我想着纳什维尔歌迷会和乡村佬大剧院给我们的爱，我的老师们，特别是亨达小姐给我们的爱，拜恩博士和仪仗乐队的朋友们给我们的爱，最后，我们和“改头换面：家庭版”节目组全体工作人员在一起的经历，我相信我们收获的爱远比付出的要多很多。

音乐是我能和大家共同分享的一种天赋。它更像是我身体的一部分，演奏时我感觉就像在和听众们分享着我自己。我希望他们能够感觉到我传递出的爱。这些爱又回到我身上，并累积成一种无法抗拒的力量；我觉得自己能完成任何事。

上千的志愿者联合起来，为我们营造一个新家。他们贡献着自己的时间、精力和资源，为了创造出一个奇迹，来让我的生活发生不可思议的变化。一直以来，我都梦想着自己能够更加独立，不成为他人的负担，可在原有的家庭环境中，我不知道怎么才能实现。但是，爱找到了一个方式，它联络上了“改头换面：家庭版”的人们，如此慷慨地创造出这一切，让我梦想成真。

所以，请为他人付出你的爱吧，它会通过很多方式加倍地回报给予者。这种丰厚的回馈，远远超越你的想象。

第八章
把每一天都当做暑假的最后一天来度过

你们哪一个能用思虑使寿数多加一刻呢？

——《马太福音》6：27

帕特里克·亨利

还记得吗？小时候，你整个暑假都无所事事、到处闲逛，然后有一天突然意识到，假期已经悄悄溜走，就要结束了，已经是开学前最后一天的自由时光。你会想起所有想要做的事，然后尽可能地填满这一天的生活，能完成多少就完成多少。你尽力节省每一分钟。这就是我们应该一直保持的生活状态。一不留神，还没等你准备好，今天就变成了昨天。

我不喜欢花太多的时间睡觉。我害怕会错过些什么。很多时候，我和爸爸被邀请到某个地方座谈、表演，他们可能会告诉我们，在主要活动开始前，我们还有时间可以顺路去见见附近的一个小团体。爸爸想说算了，因为我们一路已经很累了，他觉得应该稍微休息一会儿。我总是想两处都去，这样就能认识更多的人。我会给他唱乡村民歌：“如我所讲，如我所讲，我死后就能睡着了。”他呻吟着，发着牢骚，不过还是会带我去。

我相信要“活在当下”——把思想和精力集中在此时此刻正在发生的事情上。这样才能更完整地享受生活，因为你的思想摆脱了忧虑和恐惧带来的无休止的负担。禅宗称之为“心猿”，就是你下意识地从一个思维跳到另一个思维，一直保持着这样的状态，让自己非常紧张，像上紧了发条一样。专心完全是针对此时此刻而言的。

很多人问，我是怎么接受了这种哲学观。可能得益于几点。像其他人一样，我每天也要上学、学习、练习。但是，我完成日常基本活动要比别人花更多的时间。有些事情我自己做不了，就要耐心地等着别人来帮忙。把所有这些事加在一起，我就没有多少时间能做自己喜欢做的事了。所以我肯定不想把任何一分钟浪费在担心那些可能会发生也可能不会发生的事情上。

另一个让我用心生活的因素是失明。

当你是个盲人时，当下、此刻不仅显得更明显，而且也更重要。你必须把精力集中在每一个动作上，不管多小的细节也要全神贯注，这样才能完成一件事。想象一下“拿勺子”这件简单的事。大多数人的情况是，我需要个勺子，然后马上就从桌子上抓走一把。而我必须集中精力回想，然后获得大量的信息，才能不用到处搜寻而比较快速地找到勺子。比如，我听见妈妈把勺子放在了我的左边还是右边？或者，她是在桌子中间放了一堆勺子吗？摸到勺子后，我要靠触摸来感觉它，判断哪边是匙柄。由于我的手不能像正常人那样操作，正确地拿好勺子都要花点时间，然后才能用它吃饭。如果有视力，你很自然地抓起勺子就吃饭了。你完全不用思考就可以拿好它——于是你的心思就总是用来思考其他的事情。

就像家家有本难念的经一样，每个人的情况也都是不一样的——就是那些相似的人也不例外，比如盲人。那些视力受到损伤，但曾经能看见东西的人们，会有视觉记忆，知道东西长什么样子。当有人说“一条大黑狗过去了，或是一辆红色消防车过去了”，他们能够想象这样的情景，而我不能。反过来想，视力衰退的人们失去了对于他们来说非常珍贵的东西。而我什么也没失去过。很难说清楚，但我不认为哪种情况更糟。我更愿意这样看——哪种情况都很好。

你对自己的生活环境总会有种看法，好，或是不好。我不把我的失明看做一种残疾，我选择把它看成一种能力。

能力之一：我不会以貌取人。学历史时，似乎很多问题都是由于仅仅通过对方外表就妄下定论而引起的。也许他们的皮肤是黑色、棕色、黄色或白色。也许他们是穿着破旧的衣服或是穿着阿玛尼西服。他们太胖，或是太矮。他们长着大鼻子，或是一口坏牙。由于我看不见这些东西，对我来说，我认识的每个人都是完美的，都是上帝创造的样子。而且，因为我看不见，所以不会受到任何视觉上的影响，这让我把注意力转到其他一些更重要的事上，比如人们内心的善良。我相信每个人都有爱人与被爱的能力。

爸爸妈妈提醒我说，我见到的一些人可能会因为我坐着轮椅，而对我作出一些主观上的假设——比如我不能自理或是智障——如果第一次认识是在通电话，他们就不会有这种想法。但是人们往往容易通过印象来判断一个人，而不是依据真实的情况。妈妈说她也这样，通常是意识不到的。

有一次，妈妈和一个同事在波士顿开会，她们坐在宾馆的咖啡厅里喝咖啡。旁边坐着一个留着尖尖的莫西干发型的人，脸上镶着好多环钉，到处是文身。她的同事看见后，嘲弄地说着那个人。妈妈也看了他一眼，而且承认她的第一感觉是："真可笑！"但是她突然又想，如果帕特里克·亨利在场，听见我们这样说那个人，会有什么反应？他可能想马上走过去说："你好，我叫帕特里克·亨利·休斯，请问你叫什么名字？"（我有个习惯，到哪儿都向陌生人介绍自己。）于是她决定做点平时不会做的事情。当她捕捉到他的目光，她问他是不是来开会的。他不是，不过结果表明他是个非常健谈的人，他们聊得很好。那天她离开那儿以后，觉得他是自己曾经见过的最友善的绅士之一。

我觉得自己在交流沟通上也有优势。拿简单的谈话打个比方。普通人必须应付对方的长相、衣着、肢体语言和面部表情——所有这些都和谈话的内容同时传递给你。所以，你需要解释很多信息，而且我敢说这样容易分散你的注意力或是造成某种误解。而我，只需要应付谈话的内容和音调，这让谈话对我来说更为直接。

好吧，我知道你在想什么。我颠倒黑白地编造出失明带来的好处，以自我安慰。你可能以为像我这样的人，肯定最想能看见东西。我对视力的确很好奇，但不确定会拿现状做交换。如果有个外科医生说："帕特里克·亨利，我可以给你免费做个手术，并且保证安全，让你拥有视力，不过你必须今天就决定要不要接受这个手术。”（当然，对于我这种情况，目前还没有这样一种移植手术。）我会怎么做呢？爸爸会强烈建议我接受它。但说实话，我需要更多的时间好好考虑。

生活中，我和爸爸已经对此进行了多次的讨论。当我考虑到它的优点，能够看见肯定会让我的生活变得更独立，这对我真的很重要。但是，另一方面，由于我并不真正了解“看见”到底意味着什么，如果突然具有了这种能力，它可能会让我震惊。我不知道任何东西的样貌，但是我脑子里想象着东西都长什么样子，并通过这种方式来解释着这个世界。如果我突然能看见了，所有我认为自己知道的东西，和过去这二十年来学到的东西，都会颠倒、混乱。

不得不承认，我经常想知道，视力到底是什么样子的，或至少拥有视觉记忆是什么感觉。每个人肯定都会对他们知道却没经历过的东西感到好奇。所以人们才到埃及看金字塔，到伦敦看大本钟。我跟大家的不同在于，我比有视力的人错过的东西要多很多。月食什么样子？盛开着郁金香的牧场什么样子？大峡谷什么样子？很多人造的结构，比如摩天大楼、自由女神，还有比赛中场时，我们仪仗乐队进行表演的“棒！约翰”红雀橄榄球场都是什么样子的？我一概不知道。但是我不琢磨这些。小时候，妈妈会说：“那是‘自我可怜’，我们不要这样想。”我很幸运，妈妈从一开始就帮我确立了应有的生活态度。为什么要为看不见东西而烦恼呢？为什么不反过来想，这个星球上没有人能知道我心灵的眼睛每天都看到了什么？那是独特的、完美的。我希望能和你一起分享，就像你想跟我分享你看见的世界一样。

我们都能以各自的方式发现美好。

我试着挤进自己能够参与的每一种生活，这包括和艾什莉打很长时间的电话，她是我的女朋友。从高中起，我们关系就很好，每天都见面。现在我们住的地方，开车需要四十五分钟，通电话在大部分时间里成为我俩最好的见面方式。艾什莉也是生下来就有视力问题，只能看见灰暗的阴影，而这对了解世界的面貌丝毫没有帮助，所以在这方面我们很相似。

我们夏令营之前已经认识好几年了，但直到那次在阿瑟顿高中餐厅吃完午饭后才第一次开始真正地交谈。她说她对我的钢琴技艺印象深刻，我喜欢她唱歌的方式。她告诉我她要加入学校的合唱团了，她的目标是有一天能成为一个合唱团的指挥。她还跟我说，她觉得我有副唱歌的好嗓子。从那一刻起，我就知道我们会成为密友。

随着我俩关系越来越好，我逐渐发觉能有个人聊天，聊一些作为一个盲人不能和普通人聊的内容，是多么的幸福。她的视觉指导老师的方法跟我的老师不同，我们拿各自的笔记作比较。我的指导老师会带我去不同的地方，让我通过嗅觉、触觉和听觉真正去体会那些东西。我和艾什莉会聊起那些在学校发生的事，她总是能马上知道我的感受，因为她也有着同样的想法。

非常巧的是，我们俩还有着共同的兴趣爱好。艾什莉不仅喜欢乡村音乐，而且也喜欢古典音乐。她在家听古典音乐时，喜欢把音量调到别人听“重金属”摇滚乐那么大——震得牙齿都松动了。艾什莉的梦想是去参加“美国偶像”节目，我鼓励她去努力争取吧。

高中时，我们总能有时间快乐地在一起，有时一起去生日聚会，有时参加教堂活动，或者到对方家里做客，我们坐在一起聊天，有时我给她弹琴。我记得她问我，我觉得她长什么样子。爸爸说女孩子问你这样的问题时要小心回答，因为答得不好要有麻烦的。但是我没必要担心什么。“你非常漂亮。”我说，而且我是说真的。

有天晚上，我们正参加圣诞聚会，然后开始聊天。我告诉她，听说有个新型的髋关节手术，不知道自己符不符合这个手术的要求，但如果将来有一天我真的能走路，或是能站立，会怎么样呢？她问我，我愿意能站起来或是走路吗？我说：“当然了！”然后她沉默了，我觉得自己是不是什么地方说错了。最后，她说：“帕特里克·亨利，我喜欢你坐着轮椅。”这让我很高兴——她喜欢我本来的样子。

学生舞会是我俩最快乐的时光。我说不清艾什莉和她姐姐到底谁更兴奋。她姐姐帮她做好发型，打扮得漂漂亮亮，好盛装出席晚上的舞会。我必须得承认，这种时候，我真想看她一眼，这念头一直在脑海中打转，因为所有人都大为惊讶地夸着她。不过，转念一想，我们一定会玩得很开心。

我的礼服很难合身——需要做好多测量，还要花时间把所有不合适的地方都改好。但是我穿上后，爸爸说特别好看。那是我第一次穿马甲，一件天鹅绒面料的，摸上去特别光滑。

舞会上，我们跳了好几支舞。艾什莉喜欢跳舞。跟大多数人一样，我可以和她一起跳，也可以不跳，但我想让她高兴。她推着我走上舞池，我拉着她的手。幸亏，她一直在跳——我要做的就是动动肩膀，摆动几下身体。不过这很有趣，我喜欢听见她跳舞时的笑声。

第二年，我们作为毕业班学生又去了舞会，简直棒极了！我们找到了一台钢琴，艾什莉让我为她演奏小夜曲。我开始假装不愿意，可实际上已经迫不及待了，于是很快就投降了。我们一下子弹了各种类型的歌曲，边弹边唱，玩得晕头转向的。那真是个美妙的夜晚！

经常有人问起我的未来，特别是关于艾什莉的。她对我来说，是非常特殊的一个人。我俩将来会怎样呢？或许我们会结婚，永远在一起快乐地生活。当然，这是以后的事了。我们都还有很多事情要做，去实现我们的目标，实现我们的梦想。

上小学时，我选择了西班牙语双语学校，即西班牙语教学贯穿整个课程的始终。我们学习颜色或数字的英语说法，然后也学习它们的西班牙语说法。起初，我对学习西班牙语并没有过多的想法，直到听见一个新老师用智利腔说着西班牙语。那时候我才上幼儿园，但我被迷住了，它让我激动得浑身起鸡皮疙瘩，我立刻决定要流利地说西班牙语。

开始时，上好语言课很吃力——要想造出一句话来表达某种意思得下很大功夫。但是，语言课能帮你学会“专心”。刚开始学西班牙语时，你还不能直接用西班牙语来思考，于是你必须把精力集中在每一个单词上，明白每一个词是什么意思。造句时，你不能用母语造句那样的思维方式，提前有一个句型的概念，或是想想其他人会怎么说这个句子。所以，学习另外一种语言会迫使你把精力集中在这一刻的事情上。

我学习很努力，总是先做好功课，没过多长时间就感觉用西班牙语交谈变得很自然了，听上去也很舒服，尽管发R这个音时还是有点儿问题。上学时，我花了很多精力努力学习西班牙语，高中时继续选修西班牙语的高级课程，现在又在路易斯维尔大学念了两年西班牙语专业。

现在，在这个国家中，有许多说西班牙语的人，会说西班牙语让我认识了很多原本认识不了的新朋友。2001年，我们去首都华盛顿度假，我试着跟爸爸说，让他带我到墨西哥大使馆去练习西班牙语。他觉得仅仅为了我能跟他们说西班牙语，去打扰人家的工作，简直太疯狂了。但是妈妈意见不同。有什么不好呢？而且，我们是在休假。爸爸终于投降了，不过他声明，我不能待太长时间，让别人觉得讨厌。

妈妈推着我走进大使馆，来到接待员旁边。“说吧。”她说。

我用西班牙语跟她交谈起来：

“您好，打扰一下。”我说。

“您好，什么事？”那位接待员回答道。

“你叫什么名字？”这总是我跟别人说话的第一个问题。

“罗萨拉。”她声音特别好听，像优美的旋律一样。

“我叫帕特里克·亨利，很高兴认识你。”

然后我接着用西班牙语问道："你在美国多长时间了？"

我们开始聊了起来，越聊越带劲，用西班牙语说着关于墨西哥的人文风情，还有她小时候在那儿的成长经历。我一直问她问题，她会特别详细地回答，声音激动。过了一会儿，妈妈小声跟我说，我们该走了，别再打扰人家了。但是她说："没事，夫人，我很荣幸。"于是我们又聊了好长时间。

我去过两个西班牙语国家，厄瓜多尔和西班牙。我第一回出远门是去厄瓜多尔，高中二年级时跟学校合唱团一起去的。我兴奋极了，渴望和所有跟我打招呼的人说话。幸运的是，我们住在基多的一户人家里，这让我获得了很多语言交流的练习机会。我们的合唱团在厄瓜多尔全国各地的大教堂进行演出，由于我会说西班牙语，表演时我会介绍一下将要唱的歌曲及背景。当厄瓜多尔人见到我会说他们的语言时，都过来围着我。

我喜欢旅行，人们会感觉这有点儿奇怪，因为我看不见，而且旅行通常很麻烦，特别是坐飞机。座位很不适合我，长途飞机的确很不舒服、很疲劳。去旅行的路上可能没什么意思，但到达目的地后就会很有趣，而且足以弥补路程中出现的任何问题。

尽管我什么也看不见，但我能感觉到一个地方的环境和气氛。我特别注意听各种声音：交谈声，号角声，汽笛声，鞋子在鹅卵石路上发出的嗒嗒声，小贩的叫卖声，教堂钟声，当地的音乐声。我听到的每一种声音都让我对某个小镇或是城市有着独特的感觉记忆。我喜欢把这些声音都录下来，回家后播放收听，让我重温旅途时光，就像有视力的人看照片一样。

爸爸

帕特里克·亨利对任何事总是严格按照他自己的方式去做，井井有条——从小就这样。他玩玩具时，每次都是一样的方式，好像有剧本可以参照一样，一步一步地。他把玩具筐放在身边，拿出一个玩具，触摸它，然后挤、拉或是咬一下，让它发出声音，高兴地听着，等听够了，就把它放在旁边，再去拿下一个玩具。我从没见过他一下子把玩具都倒出来，或是一次抓起好几个玩具——那样就违背了他已经建立的程序。

现在，他把这种严格的纪律性应用到音乐和学业当中。他总是用表给自己下午的练习计时，通常平时每天一个小时，周末和假期每天两个小时。如果我们没有给他计时，他就一直不停，继续做其他的练习。有天下午，我出去拿点炸面圈儿，忽然意识到出门前没给他拿表计时。回家后，我逗着问他："你弹了多长时间？"因为我知道他自己没办法计时。他停了一下，然后说："二十八分钟。"他竟然一点儿都没说错。他弹着巴赫和其他的一些古典乐章，我想不出他怎么知道这么确切的时间。"我把节拍器设成每分钟一百下，"他说，"我只需要跟着数拍子——两千八百下。"如果换成是别人，我一定得找找那个被藏起来的表。

帕特里克·亨利准备在路易斯维尔大学读五年，因为四年制毕业，每学期要选十六个学分，而他每学期只能选十二个学分。因为他有大量的外出日程安排、家乡附近的公众活动，还要拿出时间参加学校仪仗乐队。他主修西班牙语，并准备把这种语言能力应用到以后的工作中，也许是国务院的某个部门，在西班牙语国家的大使馆里做点事情。

这些年来，我开始感谢“活在当下”的价值观，也逐渐意识到这里面有多少是自然而然地受益于帕特里克·亨利的生活态度。在机场时，我们从车上下来，去票务台，我得推着帕特里克·亨利，同时拉着后面的行李箱，还得背上背包。这些需要同时进行的动作让我必须集中所有的注意力。虽然儿子总是主动要求在前面推着行李箱，但是由于他看不见或是预料不到前方的状况，比如地面上有个一英寸高的突起，他就免不了要撞上，身体跟着就会惯性地往前倾。橄榄球比赛中场时，我必须全神贯注，因为稍有失误就会使整体队形看起来极不协调。

把这种“专心做一件事情”的思维方式应用到现在大多数工作中，我发觉的确有助于减缓压力。全心全意地做一件事，直到看见它有了结果，或至少已经尽力了，然后再开始做下一件事。过去，我常常同时做很多事，都把自己逼疯了。仅仅是安排好帕特里克·亨利的一次演出就跟一份全职工作差不多。买机票时选一个合适的座位，尽量减轻他旅途的不适；确保我们能租到一辆迷你小客车（因为普通轿车不能同时容纳我儿子和他的轮椅），在一个陌生的城市找宾馆，等等等等。通过机场安检时，需要有双倍的耐心，把我们俩的东西都打开，拿出来，然后再放回去。如果我没有像儿子那样，把所有的事都分解成一个一个的简单步骤，那么早在外出演出时，我就完蛋了。专注于此时此刻的生活，确实很有帮助。

帕特里克·亨利

当你还年轻，思考着将来要从事什么样的工作时，父母总是希望听到你对一些有实际意义的工作感兴趣——那些付薪水的工作。是啊，我也有这种“务实”的梦想：为国务院工作，演奏音乐，成为一个职业的励志演讲者。但是，我也暗自追求——追求自己的生活使命，那才是最完美的职业。

我的终极目标是主持一个电视游戏节目。不是电视上现有的任何节目，而是我自己制作的节目。我已经对游戏的编写和名字有了很多想法，尽管现在还不能告诉你。我不打算搬到别的什么地方去，就住在自己完美而全新的“房中房”里。奥普拉告诉我们，你没必要非得搬到纽约或洛杉矶，你完全可以从自己的家乡起步，她就是这样。所以，我准备效仿她的例子，从路易斯维尔发展壮大，获得成功。等我的游戏节目建立好，并发展完善后，我还有进一步的目标：成为有史以来运营时间最长的电视游戏节目主持人，击败鲍勃·巴克尔先生五十一年的纪录。

我以后将会做什么是个非常重要的决定，不过我不花太长时间去琢磨这些，因为我不想让它取代现在的生活。我刚刚完成大学二年级的学业，渴望尽快进入接下来那三年精彩的大学生活。骄傲地参与学校仪仗乐队活动将是这三年生活中很重要的一部分。

比赛日已经成为我生活中非常特殊的日子。长这么大，我从来不是什么体育迷。但作为路易斯维尔大学仪仗乐队成员参加主场橄榄球比赛，成了我生活的重头戏，也大大地改变了我。

我和爸爸已经参加了多次主场比赛的表演，有些场次通过电视向全国播出。我们也参加了路易斯维尔大学橄榄球历史上最大的一场比赛，“橙碗”杯赛。那场面的确令人不可思议。但没有任何一场比赛能比我们参加的第一场比赛更让人兴奋。在脑海中，我一次又一次地重温着那天的情景，2006年9月3日，就像是我亲爱的老朋友。

我不知道将会发生什么，但已经开始兴奋了。“棒！约翰”红雀体育场空无一人。现在是下午两点半，离晚上七点开球还有四个半小时，这是本赛季的首场比赛，我们对决州内劲敌肯塔基大学野猫队。

我第一次穿上了黑裤子——就像工装一样，还有红色的仪仗乐队T恤。乐队的夹克外套夏天穿着很热，而且因为那天气温特别高，我想等到比赛开始，天气变得凉快一些时，再穿上它。

我们要做的第一件事，是聚集在赛场中央，站成一个弧面。第一排弧线由八个队员组成，第二排十二个，下一排二十个，以此类推。我们热身半个小时，演奏音阶，进行练习。

接下来的一个小时，进行队形操练。拜恩博士和乐队指挥仔细地观察，确保我们保持着队形，动作准确无误，比如保持步伐整齐，步调一致，手持乐器的位置适当，以使最好的声音能够持续不断地传向看台。拜恩博士提醒我们说：“你们演出时的表现就是现在训练时的样子，所以不能马虎。”

我和爸爸专心地注意着每一个动作，特别是因为这是我们第一次参加正式表演。他就像一个重新学习打橄榄球的四分卫一样，一丝不苟地演练着我们将要在体育场上表演的队形。他得跟上队伍，确保我们的动作跟整体同步，并掐好时间，就像把球准确地传给跑动中的外接手一样。我负责演奏好音乐，注意所有的信号，集中精力适时插入自己的段落。事实上，我们这样比别人更容易，因为我俩划分了职责。其他的乐队成员必须同时完成演奏和变换队形。

四点钟，大家该穿上乐队的夹克外套，戴上羽冠礼帽和白手套了。这样感觉很热，不过我兴奋极了，一切都无所谓。我们站成四排，准备进行体育场外的鼓乐队仪仗表演。我们从球迷队伍那里出发，他们疯狂地欢呼喝彩，我们高兴极了。接着，大家往球队将要抵达的方向行进。

尽管是主场，所有的比赛队员还是从运动员宿舍集体乘大巴来到现场。他们穿着便服下车时，我们奏响了《红雀战歌》。在两边，欢呼的球迷从停车场一直到体育场，形成了一条长长的通道。当队员从这条通道上走过时，他们在后面追着。我们应该面朝正前方，不能打乱队形，但是爸爸弯腰凑过来，跟我说："把手伸出来，儿子，他们想跟你打招呼。"我伸出手，球迷们跟我握手，拍拍我的后背。我真没想到。之后，我们继续绕着体育场行进，又经过了更多的球迷，最后从出发的地方重新回到体育场内。

我们作了必要的调整，给乐器校音，系好帽带，更换哨片。开场前的最后一项任务是再次离开体育场，去校长篷为重要人物演奏。我们演奏了《红雀战歌》和其他一些选段，然后回到体育场，在球迷入场时为他们演奏乐曲。

开场前大约十分钟，所有的二百二十名乐队队员站好队，等待命令调动撤离。我和爸爸在队伍的尾端，正冲着看台的喧闹区，即体育场最南端。这里坐着最疯狂和喧闹的球迷；几年来，爸爸都是和我们的朋友们一起买这个区域的季票。我们撤离的速度比较快，越来越靠近球门柱时，我听见前面的人群声越来越大。爸爸把手放在我的肩膀上，说："准备好了，儿子。"从他的音调能听出，前面会发生什么大事。我们放慢了脚步。

球迷们从座位上站起来，尽可能地靠近场边，肩并肩地排成一行，挤在栏杆上，一路都是这样。他们后面还有好几百人，又挤成了两三排。爸爸让我尽可能高地举起手。狂热的球迷拼命倚着栏杆跟我击掌。"我们爱你，帕特里克·亨利！""好样的！""上帝保佑你！"我激动得不知道说什么，只能抬起头对着他们笑。太棒了！

我们一路经过了看台的喧闹区，朝着宾客席边线走去，喧闹声变得更大了，就好像全世界的人都来到了这里，跟我们打招呼、问好。我觉得自己都快从轮椅上跳起来了。我想，摇滚明星一定就是这种感受。乐队其他成员回到座位上时，我和爸爸稍微逗留了一会儿，尽量跟每个人握手、击掌。我的胳膊一直举着，累极了，但一点儿也不想停下来。

除了肯塔基赛马会，两所主要州立大学之间的橄榄球赛——路易斯维尔大学和肯塔基大学——是每年最重要的州内赛事。获胜者会趾高气扬的，直到几个月后两所学校在篮球场上再次交手。路易斯维尔的火药味儿会更加浓烈，因为球迷划分为两派，分别支持不同的学校。人们星期一早晨去上班时，他们或者指责着失利一方的球迷，或是准备好忍受大量的嘲弄。有时候，一家人支持的对象也不同，丈夫支持这个队，妻子支持那个队，哥哥喜欢这个队，弟弟偏爱那个队，就像南北战争一样。爸爸还告诉我，丈夫支持红雀队、妻子支持野猫队这样的情况很常见。气氛特别紧张激烈，特别是在一票难求的状况下。

随着球迷入场，紧张的气氛愈加浓烈。爸爸给我描述着，球队的吉祥物“红雀”乘着降落伞，准备着陆在球场中央。“还有三分钟，两分四十五秒，两分三十秒。”爸爸跟我说着场边大屏幕上的时间，正在给比赛倒计时。终于，《准备战斗》的歌声开始响起，场边大屏幕显示队员们从更衣室走出来，沿着长长的通道，两人一排地走向赛场。

队员们走进体育场，聚集在最北端的球门柱区域后面。他们等着冲过机器放出的浓厚的烟雾。为了点燃大家的激情，金属乐队厚重的低音鼓在场内回响。这种沉重的声音能穿透你的心，让你想尖叫。我情不自禁地叫了起来。橄榄球比赛就像一场战争——每个人都精神抖擞，做好了准备，情绪激动。我现在能理解体育迷了，对于看台上的球迷来说，一场比赛的意义远远超出了单纯的体育竞技。

我们演奏完国歌后，两所学校的乐队一起走上体育场，演奏《我的故乡肯塔基》，一首特殊场合的保留曲目，比如肯塔基赛马会上马匹走出来的时候，也会演奏这首歌曲。双方乐队成员混合在一起——两支乐队所有的小号手站在一起，所有的鼓手站在一起，等等——红蓝相间象征着团结友谊。四万五千名球迷起立，等着我们演奏的开始。我既兴奋，又紧张。我和爸爸的第一场比赛，我的嘴特别干，希望还能吹奏。现在想这些都太晚了。

所有的球迷一起跟着唱起来，这是路易斯维尔和肯塔斯球迷开场前的最后一次联合。这首歌曲很美，对于土生土长的肯塔基人来说，充满了动人的情感。

我的夫人，请不要哭泣，
哦！请别再哭泣！
我们要为故乡肯塔基唱首歌，
为遥远的故乡，肯塔基。

音乐停下来，喧闹声达到了白热化的程度。不再团结，也不再友好——战争即将开始。

两所学校的乐队分开，我们回到自己的座位上。开球在即，球迷们疯狂起来。而对于我们来说，可以休息一下，在重要的登场表演时刻到来之前，再放松一会儿。

中场时间到了。爸爸推着我走上体育场时，我俩都深深地吸了口气。爸爸在我耳边小声说："该我们上场了，这就是仪仗表演。"

拜恩博士很快就会发出指令，我们即将出发。刹那间，两百多人的演奏将呈现出强大的音乐效果。爸爸会快速地推着我：突然停下来，挪动轮椅，绕开障碍；又一个急停，再调整好，继续前进；转弯，倒着走……我会全心投入，竭尽全力地配合，完成仪仗表演。

在过去的生活中，我不敢说自己对作为一个什么团队的成员很在乎。但是今天，在这片橄榄球场上，我感觉自己像一个战士。置身于这个集体中，我比任何时候的自己都显得重要而伟大。生活在和他人迥异的世界里，能够真正地成为一名仪仗队员，跟别人一样为一个集体付出，成为这个世界完整的一部分，对于我来说，意义简直太重大了。我感谢爸爸让这一切变得可行，感谢拜恩博士和我的队友们，让我成为他们当中的一分子。

仅仅几年前，这一切似乎还都是不可能的。而现在，我完美地和他们融合在一起，成为整体队形的一部分。我不禁相信，一切皆有可能。

爸爸拍了拍我的肩膀，给我一个信号。蝴蝶在我的身体里跳起了伦巴。此时此刻，我感觉比以往任何时候都更幸福，更有活力。

我把小号举到嘴边。

我能！

把每一天都当做暑假的最后一天来度过

帕特里克·亨利

你的生命还有多少天？如果你跟我一样，现在二十岁，打算至少活到八十二岁，那么你还剩下22645天。一个挺大的数字，不过由于我们不知道上帝的安排，没准实际的数量要少得多。更何况，那前二十年的时光一闪而过——7305天已经消失在昨天了。所以，我们的挑战是不让任何一天在碌碌无为中溜走。

除去睡眠，一天有57600秒。如果我们停下几秒钟，就是理所当然地以为上帝会永远为我们做着这一切。想想最简单的动作——呼吸。还有比这更容易的吗？然而，如果它被夺走，它就是生命中最重要的一件事。成天忙碌着超负荷的工作，没完没了地担心焦虑，陷入无谓的争执，我们忽略了多少日常生活带来的奇迹？

我们不想这样生活。我们要快乐而充实地活着。我努力把精力集中在当下，就算是面对日常生活障碍时，比如早晨起床后的一系列准备工作，或是处理一些自己不愿意做的事，像学几何，我也始终保持着这种思维和态度。当然，在属于“自己的时间”里，比如弹钢琴时，专心于当下就变得容易一些。但是，你做一件事情过程中的每一步比这件事本身更为重要。每时每刻发生的事情都各不相同，都有自己特殊的价值，都要认真地对待。

今天，我们有很多机会去做些有价值、有意义的事。我们都有各自的天赋，自己也许已经知道，也许还不知道。或许你的能力非常独特，与众不同，你自己都还没认识到。我相信上帝赐予我失明，是为了让我能够看见人们的内心。我相信他赐予我音乐的激情，是为了让我知道，自己有能力追求并完成一些事情。他还赐给我一个充满了爱的家，给我提供各种帮助，让我们不分彼此地付出，来享受互相保佑的幸福。当你和大家分享你独特的天赋时，就会发现你的潜力——从你出生那一刻起，上帝对你的安排。

所以，活在当下吧，现在就付出，现在就爱吧，让你的生活充满笑声。我的偶像特蕾莎修女，说过这样的话：

> 昨日已逝，明天未至。唯有今天为我们所有。让我们开始吧。

资料

遗传和罕见疾病信息中心

Genetic and Rare Diseases （GARD） Information Center

P. O. Box 8126

Gaithersburg, MD 20898-8126

（301） 519-3194

（888） 205-2311 （免费）

（240） 632-9164 （传真）

gardinfo@nih.gov

http://www.genome.gov/10000409

克谢特

Keshet

617 Landwehr Rd.

Northbrook, IL 60062

（847）205-1234

（847）480-9120（传真）

http://www.keshet.org

小眼畸形、无眼畸形家长支援

MAPS （Microphthalmia Anphthalmia Parent Support）

http://www.maparentsupport.com

国家图书馆盲残服务

National Library Service for the Blind and Physically Handicapped（NLS）

http://www.loc.gov/nls

肯塔基有声读物图书馆

Kentucky Talking Book Library

P.O. Box 818

Frankfort, KY 40602

（502）564-8300, ext. 276

（800）372-2968（免费）

http://www.kdla.ky.gov/libsupport/ktbl.htm

全国罕见疾病组织

National Organization for Rare Disorders（NORD）

55 Kenosia Avenue

P.O. Box 1968

Danbury, CT 06813–1968

（203）744–0100

（800）999–6673（免费 / 仅限语音信箱）

（203）798–2291（传真）

http://www.rarediseases.org

盲人和阅读困难者录音机构

全国总部

Recording for the Blind & Dyslexic（RFB&D）

National Headquarters

20 Roszel Road

Princeton, NJ 08540

（866）RFBD–585（866–732–3585）

（800）221–4792（会员服务）

http://www.rfbd.org

肯塔基分部

Kentucky Unit

240 Haldeman Avenue

Louisville, KY 40206

（502）895–9068

（502）897–1145（传真）

http://www.rfbd.org/Kentucky_Unit.htm

Shriners 儿童医院

国际总部

Shriners Hospitals for Children

International Headquarters

2900 Rocky Headquarters

Tampa, FL 33607

（813）281–0300

（800）237–5055（免费）

http://www.shrinershq.org

联合之路

United Way

http://www.liveunited.org

大都市联合之路公司

Metro United Way, Inc.

334 E. Broadway

P.O. Box 4488

Louisville, KY 40204-0488

http://www.metrounitedway.org

路易斯维尔大学仪仗乐队

乐队主任 格雷格·拜恩博士

路易斯维尔大学音乐学院

University of Louisville Marching Band

Dr. Greg Byrne, Director

University of Louisville

School of Music

Louisville, KY 40292

http://louisville.edu/music/bands/band.html

视力受损学前服务

Visually Impaired Preschool Services

1906 Goldsmith Lane

Louisville, KY 40218

（502）636-3207

（888）636-8477（免费电话）

（502）636-0024（传真）

info@vips.org

http://www.vips.org

特殊艺术家组织

VSA arts

818 Connecticut Ave. NW, Suite 600

Washington, DC 20006

(202) 628-2800

(800) 933-8721 (免费电话)

(202) 429-0868 (传真)

info@vsarts.org

http://www.vsarts.org

肯塔基特殊艺术家组织

VSA arts of Kentucky

515 E. 10th

Bowling Green, KY 42101

(270) 781-0872

(877) 417-9594 (免费电话)

(270) 781-8725 (传真)

director@vsartsky.org

http://www.vsartsky.org

WHAS 儿童募款活动

WHAS Crusade for Children

P.O. Box 1100

Louisville, KY 40201

（502）582–7706

（502）582–7712（传真）

admin@whascrusade.org

http://www.whascrusade.org

致谢

首先，感谢上帝和他的天使们，一次又一次地为我们清除障碍，不管我们面对着什么问题，总是在关键时刻伸出援助之手，给我们带来最好的解决办法，转危为安，化险为夷。

感谢家人，让生活变得如此有意义，并帮助帕特里克·亨利实现他的梦想。帕特里夏，温柔而有力地让生活的一切能够顺利地进行，把全家人联结在一起。杰西和卡梅隆，他们每天的爱和支持，对我们非常重要，而且远远超出他们的想象。爷爷、奶奶，在危急时刻伸出援手，照看帕特里克·亨利，并无条件地付出他们全部的爱。外婆贝蒂和老祖母弗莱耐尔，由于她们强烈的职业道德观、坚定的决心和对家庭爱的奉献，长期以来影响着帕特里夏，才让她成为帕特里克·亨利需要的母亲。

拜恩博士，他实现了上帝对我们的安排——一种给我们带来太多难以置信的幸福的安排——还有路易斯维尔大学仪仗乐队的队员们，他们无条件地立刻就接受了我们。

安妮塔·科皮尔·斯坦福德，她坚持认为布莱恩特应该写一本关于我们的书，才促成了这一切。我们感谢布莱恩特·斯坦福德，他的直觉、见解、友好，以及为了如期完成付出的不知疲倦的努力，而且他始终保持着良好的幽默感，这都让我们不胜感激。我们的文稿代理，艾米·休斯，不论是对于这本书，还是对于我们来说，她都是一个天使。她让这一切得以实现，并陪伴在我们左右，一步一步地提供着帮助。我们的编辑，卡蒂·麦克休，主动地把单纯的文字编辑提升为一种艺术形式。从第一天开始，她就相信这是本好书，不遗余力地把它做到最好。

从小学、初中到高中，帕特里克·亨利的老师，行政主管，还有助手，都非常地出色，他们对帕特里克·亨利的成长和生活质量作出了不同的贡献。特别要感谢内蒂·乌尔夫，凯文·霍华德、大卫·梅和维奥拉·加尔文，对日常基本活动提供的无尽帮助和不懈支持。

如果没有“视力障碍学前服务”的慷慨指导，我们会无助地迷失方向。他牵着我们的手，带我们安全地度过了帕特里克·亨利早年的困难时光。儿童募款活动也在很多方面帮助了我们，并为帕特里克·亨利的公众表演生涯作好了铺垫。狄安娜·斯科金斯为帕特里克·亨利钢琴的起步铺好了路，然后大方地把他交给亨达·奥德曼，帕特里克·亨利心爱的“小玛索球”。还要特别感谢帕特里克·亨利的小号老师，亚瑟·卢克尔（初中），莎拉·麦克莱夫（高中），还有现在的迈克尔·特奈尔博士，在已经收满学生的情况下，为帕特里克·亨利加课。

感谢拜伦·克劳福德对我们的关注，并在《路易斯维尔信使日报》的专栏中写了一篇关于我们的好文章。后来，我们的故事通过《里克·莱利体坛画报》传遍全国，被ESPN、ABC查尔斯·吉布森世界新闻特别收录，最终，走向了迪斯尼体育精神奖。

我们非常感激那些才华横溢的表演者们，他们总是抽出时间接待、帮助我们，感谢他们的善良和关注。他们包括雷妮·布罗迪、孤星组合的里奇·麦克唐纳，当然还有极为慷慨的潘姆·提莉丝。

用什么样的语言，都不足以表达我们对ABC电视台“改头换面：家庭版”节目组人员的感激之情。这是一段异乎寻常的经历，那种体验很难了解；它不可思议地改善了我们的生活。感谢“精英家园”（特别是老板乔和洛奇·普萨特里），他们承担了这项工程，还有其他许多商业机构、市民组织和个人志愿者，一起把它变成了现实。《改头换面》的整个制作团队、节目中的明星，以及工作人员，都非常出色，他们为全国像我们这样的家庭所做的一切，实在非常了不起。

上帝保佑。

图书在版编目（CIP）数据

我有潜能：关于生活、关爱和梦想/（美）休斯（Hughes, P.H.）.（美）休斯（Hughes, P.J.）.（美）斯坦福德（Stamford, B.）著；张宁译.—南京：凤凰出版社，2009.7

书名原文：*I AM POTENTIAL: Eight Lessons on Living, Loving and Reaching Your Dreams*

ISBN 978-7-80729-466-5

I.我… II.①休… ②休… ③斯… ④张… III.人生哲学-通俗读物 IV.B821-49

中国版本图书馆CIP数据核字（2009）第104754号

书　　名　**我有潜能：关于生活、关爱和梦想**

著　　者　[美] 帕特里克·亨利·休斯　帕特里克·约翰·休斯
布莱恩特·斯坦福德
译　　者　张　宁
出 品 人　宋增民
责任编辑　王志钧
版式设计　常言道
出版发行　凤凰出版传媒集团　凤凰出版社
出　　品　凤凰出版传媒集团　北京凤凰天下文化发展有限公司
集团网址　凤凰出版传媒网　http://www.ppm.cn
印　　刷　北京梦宇印务有限公司（通州区张家湾镇张辛庄村）
开　　本　890×1240毫米　1/32
印　　张　7
字　　数　151千字
版　　次　2009年7月第1版　2009年7月第1次印刷
标准书号　ISBN 978-7-80729-466-5
定　　价　22.00元

（凡印装错误可向发行部调换，联系电话：010-82013152）

I AM POTENTIAL: Eight Lessons on Living, Loving and Reaching Your Dreams

by Patrick Henry Hughes with Bryant Stamford

Published by arrangement with Da Capo Press, a Member of Perseus Books Group